Carol Marinelli

Peligro para dos corazones

WITHDRAWN

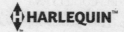

H HARLEQUIN™

Editado por HARLEQUIN IBÉRICA, S.A.
Núñez de Balboa, 56
28001 Madrid

© 2006 The SAL Marinelli: Family Trust
© 2014 Harlequin Ibérica, S.A.
Peligro para dos corazones, n.º 2344 - 22.10.14
Título original: Taken for His Pleasure
Publicada originalmente por Mills & Boon®, Ltd., Londres.
Este título fue publicado originalmente en español en 2006

I.S.B.N.: 978-84-687-4742-2
Depósito legal: M-23657-2014
Editor responsable: Luis Pugni
Impresión en CPI (Barcelona)
Fecha impresion para Argentina: 20.4.15
Distribuidor exclusivo para España: LOGISTA
Distribuidor para México: CODIPLYRSA
Distribuidores para Argentina: interior, BERTRAN, S.A.C. Vélez
Sársfield, 1950. Cap. Fed./ Buenos Aires y Gran Buenos Aires,
VACCARO SÁNCHEZ y Cía, S.A.

Capítulo 1

¡**Q**UÉ SUERTE tienes! –gritó Maria, sujetando el saco y repitiendo las mismas palabras como si fueran un cántico mientras Lydia golpeaba con más y más fuerza.

Los rizos rojizos de Lydia se movían al tiempo que golpeaba el saco con sus pálidos y delgados brazos capaces, sin embargo, de dar golpes sorprendentemente fuertes. Incitada por Maria, Lydia consiguió liberar la rabia y la frustración.

–¡Qué suerte, qué suerte! Vamos, Lydia. ¡Golpea más fuerte!

–¡Se ha terminado! –dijo Lydia, respirando dificultosamente, las manos enguantadas apoyadas sobre las rodillas–. Pero yo no diría que tengo suerte; no podré moverme de aquí en los próximos días. ¡Hace semanas que no tengo un día libre!

Aunque el lugar estaba desierto, Lydia bajó el tono, por si hubiera alguien, mientras se quitaba los guantes, y abrió los grifos al máximo para distorsionar su conversación.

–¿De qué te quejas? Yo diría que tener que cubrirle las espaldas a Anton Santini es un trabajo ideal. ¿Y qué me dices de lo mío? –dijo Maria, haciendo una mueca–. ¡A mí me han cargado jugar a los asistentes con su asistente personal! ¿Por qué no me han asignado a mí la protección de Anton Santini?

Lydia se sujetó el pelo despeinado y sonrió con ironía.

–¡No creo que yo pudiera pasar por una asistente

personal italiana cuando lo único que sé decir en italiano son platos de pasta!

—Me teñiría de pelirroja sin pensarlo si así pudiera compartir habitación con Anton Santini —se rio Maria—. ¡Sigo sin poder creer que te eligieran a *ti* para hacerse pasar por su ligue!

De haber sido otra persona quien lo hubiera dicho, Lydia lo habría considerado un comentario malicioso, pero Maria solo estaba diciendo la verdad.

A Anton Santini le gustaban las mujeres menudas, elegantes y recatadas.

Lydia era dolorosamente consciente de que no cumplía ninguna de las tres condiciones. Aunque tenía un cuerpo esbelto y tonificado, medía un metro setenta y dos sin tacones; vaqueros y camiseta eran su segunda piel y, en cuanto a lo del recato, bueno, no era precisamente un requisito para ser detective.

—¡Sonríe, Lydia! Estás en un estado deplorable esta mañana —observó Maria—. Este es uno de los mejores hoteles de Melbourne, tenemos acceso total, y tú no paras de quejarte… —Maria se detuvo abruptamente al ver el ceño fruncido de Lydia y, siguiendo su mirada, se dio la vuelta y vio a un hombre zambulléndose entre bostezos en la enorme piscina que había fuera del gimnasio—. ¿Te apetece una sauna? —preguntó Maria, y Lydia ya iba a negar con la cabeza, pero sabía que era el único sitio en el que se había acordado que los detectives podrían hablar sin ser molestados.

—¿Cómo es Angelina? —preguntó Lydia, una vez envueltas en sendas toallas, a salvo detrás de la puerta de la sauna.

—Eficaz. ¡Y extremadamente charlatana! ¡No puedo creer que todo el equipo de ese tipo se adelante a su llegada a cada lugar para asegurarse de que todo está a su gusto!

–Menos mal que lo hacen –señaló Lydia–. Gracias a la eficacia de Angelina conocimos la amenaza a su seguridad.

–Sí, pero tampoco tenemos mucho en lo que basarnos –murmuró Maria–. Un ramo de flores enviado a su habitación en el hotel antes de que él llegara. Podría haberlas enviado alguna antigua novia...

–Lo dudo –interrumpió Lydia–. Dado que en dos ocasiones anteriores en las que Santini recibió flores se vio envuelto en sendos incidentes potencialmente peligrosos para su vida. Una coincidencia, ¿no crees? Sin olvidar todas las ofensivas llamadas que Angelina ha estado filtrando. Me parece bien que los federales se lo estén tomando en serio. ¿Imaginas la publicidad negativa si le ocurriera algo?

–Lo imagino, sí –contestó Maria, encogiéndose de hombros–. Pero se han pasado de la raya. Dos detectives experimentadas trabajando como guardaespaldas. Si hasta han colocado a Kevin detrás de la barra para servir bebidas. Me parece muy exagerado.

–Si el acuerdo que Santini pretende firmar sale adelante, será un gran impulso para el turismo. No me sorprende que se estén tomando todas las medidas necesarias para su protección.

Echando agua sobre los carbones alegremente, y subiendo la temperatura ya sofocante un par de grados, Maria, al contrario que Lydia, estaba deseando cambiar de tema.

–Me encanta estar aquí –dijo alegremente–. Cuando terminemos este trabajo, estaremos fabulosas. ¿No sientes ya cómo se abren los poros?

–Lo que siento es que se me está encrespando el pelo –replicó Lydia, sentándose en el banco. Espantosamente cerca de ponerse a llorar, deseó poder librarse de su mal humor, sorprendida de lo mucho que le escocía el comentario que Maria había hecho sobre su deplorable estado.

Enterrando la cara en la toalla un momento, Lydia cerró los ojos e inspiró el sofocante aire.

–Tenía muchas ganas de tomarme dos noches libres –explicó cuidadosamente–. Tenía cosas que hacer.

–¿Qué podrías tener que hacer? –sonrió Maria, envolviendo sus palabras en una capa de sarcasmo amistoso–. Ya sabes que se supone que un detective no debe tener vida.

–Simplemente quería un par de días para mí –dijo Lydia–. Ya sabes, para escuchar música, comer chocolate, sentir lástima de mí misma...

Al ver a su amiga habitualmente tan segura de sí misma, tan impetuosa y centrada, deprimida en aquel banco de sauna, con el rostro oculto en la toalla, Maria dejó a un lado sus ocurrencias chistosas, y se sentó a su lado.

–¿Qué ocurre, Lydia? –preguntó con voz suave–. ¿Ha pasado algo con Graham?

–Hemos roto –dijo Lydia, levantando el rostro de la toalla y viendo la expresión pasmada de Maria.

–¡Pero si los dos parecíais muy felices!

–Lo éramos –dijo Lydia, encogiéndose de hombros–. Siempre y cuando no hablara de trabajo –inspiró profundamente y, cerrando los ojos, sacudió la cabeza–. Y con un trabajo como el nuestro no nos deja mucho más de lo que hablar. Pensé que Graham era diferente; pensé que, al ser detective también, comprendería que no podía estar esperándole al final del día, toda perfumada y sexy...

–No puede ser –dijo Maria, incrédula–. Lydia, te adora, ¡con vaqueros y todo!

–Eso creía –dijo Lydia–. Pero en las últimas semanas había empezado a comportarse de una manera extraña. Estaba metida en aquel asunto de drogas y no paraba de machacarme con cosas de lo más ridículo...

—Estaba preocupado –interrumpió Maria–. Fue un trabajo muy peligroso, Lydia. ¡Yo también estaba preocupada por ti!

—Pero tú no me llamabas a cada hora –señaló Lydia–. No me llamabas a las dos de la mañana para preguntarme si necesitaba que alguien le diera de comer a mi pez.

—¡Tu pez murió el año pasado!

—Exacto –dijo Lydia con tono seco–. Entonces, una noche fuimos a cenar a casa de su madre y me pidió que me arreglara un poco…

—¿Arreglarte?

—Ni que fuera a ir en vaqueros o chándal. ¡Llevaba un vestido negro! Y me pidió que tratara de contenerme de hablar de mi trabajo mientras estuviéramos en casa de su madre –Lydia se detuvo al notar que Maria apretaba los labios, luchando por encontrar una justificación ante tal comportamiento.

—Lydia, el nuestro *es* un trabajo peligroso y a menudo vemos el lado más sórdido de la vida. Debe resultar duro para cualquier hombre vivir con ello, y mucho más cuando es alguien que lo conoce realmente. Sé que mi padre y mis hermanos *aborrecen* mi trabajo, ¡y no saben ni la mitad de lo que hago! Soy la vergüenza de la familia –dio varios codazos a su amiga hasta que consiguió hacerla sonreír–. ¿Quién lo dejó entonces?

—Yo –dijo Lydia, mordiéndose el labio inferior un momento, no muy segura de si podía revelar el secreto que había precipitado la ruptura–. Están pensando en ascenderme.

Maria abrió los ojos y una sonrisa se dibujó en su rostro. Porque eran realmente buenas amigas, al tiempo que colegas, y porque las dos sabían lo duro que podía ser subir peldaños en una profesión dominada aún por los hombres. La sonrisa de Maria era genuina y su abrazo cálido.

—Inspectora Lydia Holmes.

–No es definitivo –se apresuró a decir Lydia–, pero Graham se enteró y, de pronto, todas las pequeñas críticas, todos los pequeños problemas que habíamos tenido últimamente, parecieron magnificarse.

–¿Está celoso? –preguntó Maria y Lydia dejó escapar una risa amarga.

–¡Supuestamente no! Insiste en que solo está preocupado por mí. Dice que no está seguro de que sea el trabajo que quiere que haga su mujer. No cree que…

–Retrocede un segundo –Maria era demasiado astuta para que se le escapara un detalle tan jugoso como aquel–. ¿Me estás diciendo que te han propuesto un ascenso y matrimonio?

–Un ascenso *o* matrimonio –corrigió Lydia–. Al parecer no podían ser las dos cosas.

–Oh, Lydia –Maria gimió comprensivamente. Era un problema muy habitual, uno sobre el que tenían que reflexionar mujeres detective en todo el mundo. Por muy atractiva y sexy que pudiera resultar la idea de tener una amante detective, la cruel realidad era que no funcionaría como prometedora esposa. Nada de eso importaba, claro, hasta que conocías a alguien que te gustaba de verdad–. ¿Y qué vas a hacer? –añadió.

–¡Ya lo he hecho! –dijo Lydia, asintiendo con firmeza–. Hemos terminado.

–Entonces esperemos que haya valido la pena. Me refiero a lo del ascenso y todo eso. Esperemos que lo consigas.

–No importa si lo consigo o no –dijo Lydia con firmeza–. Sería bonito, pero simplemente lo mío con Graham no funcionaba. Si no puede aceptarme tal como soy, es que no tenía que ocurrir.

–¡Al menos sabes lamerte las heridas con estilo! –dijo Maria–. Acceso libre al salón de belleza *y* te han asignado la protección de Anton Santini. Ahora eres una mujer libre, Lydia. ¿Quién mejor para tener una relación por despecho?

–Anton Santini no tiene relaciones –dijo Lydia, sonriendo finalmente–. Tú no has leído lo que yo leí anoche. ¡Su biografía es increíble! Siempre ha sido bastante libertino, pero este último año, ¡cualquiera diría que quería batir un récord! En su lista de exnovias figuran las cien mujeres más bellas del mundo: actrices, miembros de la realeza europea, supermodelos, esposas de futbolistas…

–¿Quién? –preguntó Maria, expectante–. ¿Alguien que conozca?

–Sí –dijo Lydia, asintiendo con la cabeza, aunque no dio más explicaciones–. Y todas han acabado en lágrimas.

–¿Tan malo es?

–¡Peor! –dijo Lydia, asintiendo nuevamente–. Y ahora se supone que yo tengo que protegerlo. Dios, solo espero que se comporte.

–Bueno, si no lo hace, siempre puedes pasármelo a mí. ¡Yo lo distraeré por ti!

–Tú harías esto mucho mejor que yo –concedió Lydia alegremente–. Tú eres más su tipo.

–No estoy segura de si es un cumplido –dijo Maria, fingiendo sentirse herida–. Si lo dices porque probé una vez el Botox…

–Lo digo porque eres una coqueta innata –dijo Lydia, riéndose–. Porque eres tan preciosa que a nadie le extrañaría verte en brazos de Santini. Mientras que yo pareceré totalmente fuera de lugar…

–Lo harás perfectamente –gimoteó Maria–. Estarás fabulosa y lo pasarás fenomenal. Al contrario que yo. Angelina tiene más de sesenta, una solterona empedernida, y debe pesar casi cien kilos. Una pensaría que alguien tan divino como Anton contrataría a una asistente preciosa. Supongo que esta lo ayudará a no olvidar que está trabajando…

–Eres asombrosa –dijo Lydia, riéndose nuevamente–. Se supone que estamos trabajando, ¿recuerdas?

–Lo sé –dijo Maria con un gemido, pero al momento le entró la risa al verse las nuevas uñas postizas que se había puesto nada más registrarse en el hotel el día anterior–. Vale, ya estoy asada –se levantó–. Y si queremos lograrlo, supongo que será mejor que hagamos una visita al salón de belleza. Tengo que empezar a parecer una glamurosa ejecutiva italiana, mientras que tú, Lydia Holmes… –Maria bajó la voz al ver que su amiga gruñía–. Será divertido –insistió–. Será como uno de esos programas de la televisión, la transformación de una detective vestida con traje oscuro en una fabulosamente rica diseñadora de joyas.

–Una fabulosamente rica diseñadora de joyas *exclusivas* –la corrigió Lydia, sonriendo con ironía–. ¡He venido a Melbourne a vender mis diseños!

–Bueno, seas lo que seas y vengas de donde vengas, Graham se tirará de los pelos cuando vea la espléndida belleza que escondes.

–¿Que escondo? –Lydia frunció el ceño, pero Maria no estaba pensando en dar más explicaciones.

Miró la hora e hizo una mueca.

–Será mejor que vaya al salón y será mejor que tú te prepares para ir al aeropuerto. El avión de Santini está a punto de llegar.

–No tengo que ir al aeropuerto. Graham y John lo esperan en la Aduana, donde le informarán de la situación y lo acompañarán al hotel.

–¿Entonces cuándo te reunirás con él?

–En el restaurante. Quieren que el primer contacto resulte accidental, así que le tiraré la copa encima accidentalmente. ¡Ya se les podía haber ocurrido otro truco para ligar con él! Se supone que abandono hoy el hotel, pero él se quedará tan boquiabierto conmigo que me llevará directamente a su suite… –vio que a su amiga le temblaban los labios en un intento por no reír–. Parece que hace cosas así todo el tiempo. Voy a hacer el ridículo más absoluto.

–Pero serás una preciosa mujer haciendo el ridículo. Estoy ansiosa por ver el resultado final –dijo Maria frotándose las manos de puro deleite–. Voy a darme una ducha rápida y directa al salón de belleza. ¿Me acompañas?

–Ve tú delante. Creo que iré a darme un baño primero para intentar calmarme un poco –dijo Lydia, sacudiendo la cabeza.

–¿Estarás bien?

–Estaré bien –sonrió Lydia, sin dejar de hacerlo hasta que Maria salió de la sauna.

Finalmente a solas, Lydia se permitió un momento de placer. Tras pasarse las manos por el pelo húmedo, apoyó el rostro en las manos, preparándose mentalmente para la tarea que le había sido asignada para los próximos días: proteger a un hombre importante, cuya seguridad estaba en peligro. Tenía que apartar a un lado sus propios problemas, o la falta de ellos, ahora que había terminado con Graham.

Lydia salió de la sauna. Se metió en un vestuario y se puso el soso bañador deportivo de color azul marino que utilizaba para su baño diario, consciente de que si quería hacerse pasar con éxito por la última novia de Anton Santini, tendría que ir a la boutique del hotel y comprar un biquini decente. Tras doblar su ropa y guardarla dentro de una bolsa, salió a la zona de la piscina deportiva, contenta de ver que estaba desierta de nuevo y de poder disfrutar de unos minutos en soledad antes de que empezara la misión.

Un rico financiero, Anton Santini, poseía parte de una cadena de hoteles internacionales. Según el informe cuidadosamente detallado que le había sido entregado, su cadena de hoteles estaba considerando la posibilidad de añadir el lujoso hotel de Melbourne en el que estaba en ese momento a su ya impresionante lista. Y lo que era aún más importante, al parecer estaba considerando construir un nuevo y enorme complejo hotelero en Darwin, lo que significaría, no solo más turistas, sino también puestos de trabajo para los habitantes de esa zona del norte.

Todo el mundo quería que su visita relámpago a Melbourne saliera bien, de ahí el pánico que se había levantado al conocerse la posible amenaza que pesaba sobre él. No había habido tiempo para organizar la reunión en otro lugar, puesto que ya estaba en su avión de camino a Australia y, en su lugar, se había organizado a toda prisa un minucioso dispositivo de seguridad sin reparar en gastos. Y, a pesar de que profesionalmente, Lydia agradecía la oportunidad, le daba vergüenza la idea de tener que hacerse pasar por la novia de Santini. Ella sabía que, por mucho que se arreglara, nunca alcanzaría las exigencias de ese hombre, aún podía oír las risas disimuladas de sus colegas cuando la eligieron, pero lo que era todavía peor, casi podía ver el desprecio y la incredulidad que seguro vería en los ojos de Santini cuando hicieran las presentaciones.

Nadar siempre la tranquilizaba, y media hora de concentración en la respiración, sin pensar en nada más que en alcanzar el bordillo opuesto de la piscina, era justo lo que necesitaba.

Era agradable estar a solas. Anton presionó el botón del piso deseado, tras lo cual comprobó la hora en su caro reloj mientras el ascensor descendía desde la suite presidencial hasta la planta baja, y entonces se dio cuenta de que, de haber tomado el vuelo que tenía previsto, estaría aterrizando en ese momento.

Sentado en el ambiente lujoso del salón de primera clase, bebiendo a pequeños sorbos una copa de brandy mientras esperaba para embarcar en el avión, había tomado el móvil en un acto reflejo para llamar a su asistente personal y decirle lo del cambio, pero entonces, y casi en un acto desafiante, había desconectado el aparato, asaltado por la necesidad de unas pocas horas de su vida de las que, por una vez, no tendría que dar cuentas.

Cuando las puertas del ascensor se abrieron, Anton Santini, automáticamente amable, presionó el botón de mantener las puertas abiertas para dejar que subiera una mujer morena envuelta en un albornoz blanco. Su rostro enrojecido indicaba que acababa de salir de la zona de gimnasio hacia la que él se dirigía. Pareció llevarle tiempo reaccionar al verlo, pero Anton no pensó en ello. Estaba más que acostumbrado a que las mujeres le dedicaran una segunda mirada. Su metro noventa de estatura y su aspecto moreno típicamente latino lo lograban por sí solos y, dado que en esos días no había periódico o revista que no sacara una foto de él, no eran solo las mujeres las que le dedicaban segundas miradas.

No se le pasó por la cabeza que aquella mujer de cabello oscuro pudiera ser una detective de incógnito extrañada de verlo allí tan pronto. Y tampoco se le pasó por la cabeza que Maria estuviera enfrentándose a un ataque de pánico al pensar que una Lydia ignorante del hecho estuviera nadando en la piscina, adonde Anton se dirigía claramente a juzgar por la toalla que llevaba sobre los hombros.

Anton salió con un breve gesto de cabeza, y siguió las señales que indicaban la piscina del hotel y el gimnasio, consciente con cierta ironía de que, a pesar de estar en Australia, literalmente al otro lado del mundo, bien podría estar en Roma o en Londres o en París, o cualquier otro lugar que le exigiese su rigurosa agenda. Por mucho que los hoteles hicieran para diferenciarse, lograr imponer un sello de originalidad en las mentes de los hombres de negocios que los visitaban, todos ellos eran idénticos.

Menos mal que, al menos, tendría aquel sitio para él solo.

Según procesaba el pensamiento, Anton tuvo que

corregirlo. Atrajo su mirada una larga sombra de color oscuro bajo el agua, la mano que salía rompiendo la superficie, seguida por un brazo pálido y esbelto arqueándose en una brazada perfecta. Se acercó a un banco para dejar allí la toalla y el albornoz, y luego se detuvo, nuevamente atraído por la figura del agua. La pálida sombra se deslizaba sin esfuerzo de un lado a otro de la piscina, una mata de cabello rojo flotando sobre ella, los ojos cerrados mientras nadaba rítmicamente hacia el bordillo donde ejecutaba a la perfección una voltereta antes de desaparecer bajo la superficie de nuevo durante largo tiempo.

Anton se sintió poderosamente atraído por la esbelta figura. Había algo en la forma en que se movía, sin esfuerzo alguno, la flexibilidad; había algo diferente en aquella mujer. Le llevó un momento darse cuenta de lo que era: ¡realmente disfrutaba con el ejercicio de natación! Al contrario que la mayoría de las personas que nadaban a primera hora en un hotel, ella no parecía preocuparse por tonificar sus muslos o aumentar la resistencia. Al contrario, parecía estar dándose un capricho, ajena a lo que la rodeaba, e, inexplicablemente, Anton no quería molestarla, no quería invadir su intimidad, no quería romper su delicado ritmo.

Pero era una piscina de hotel, se recordó Anton sacudiendo la cabeza. Y, justo cuando Lydia llegaba al extremo opuesto de la piscina, Anton se sumergió en el agua.

Lydia notó su presencia.

No podía explicar cómo sabía que se trataba de un hombre, pero cuando la ola creada la golpeó ligeramente, Lydia supo con bastante certeza que lo era y, saliendo de su trance casi hipnótico, sus sentidos se pusieron alerta. Su respiración ya no era regular, sus brazadas ya no eran largas y rítmicas y, cuando alcanzó el bordillo de mármol, se giró, pero se quedó allí recuperando el aliento.

Barrió con la mirada la piscina, centrándose entonces en el hombre que nadaba en dirección a ella y, de pronto, sintió como si la piscina se hubiera encogido. Tal vez estuviera demasiado acostumbrada a la rutina de su gimnasio habitual en la que las calles estaban claramente delimitadas por una línea de boyas amarillas y los nadadores no se salían de su espacio marcado, pero aquel hombre ciertamente nadaba en dirección a ella, acercándose más y más a cada brazada, sus largos y musculosos brazos acariciaban la superficie. Inexplicablemente Lydia no se movió, sino que permaneció junto al bordillo mientras él se acercaba a toda velocidad.

–*Scusi*.

Aunque se encontraban en la zona menos profunda de la piscina, cubría, pero él se mantuvo en el sitio sin necesidad de sujetarse al bordillo como hacía Lydia, sacudiendo su pelo negro y parpadeando en dirección a ella.

–Creía que era más grande… –añadió.

–Yo también –dijo ella, encogiéndose de hombros. Comprendía perfectamente lo que quería decir. La longitud habitual de una piscina eran veinticinco metros y esa piscina tenía un par menos y, si uno estaba acostumbrado a nadar, y aquel hombre claramente lo estaba, era fácil equivocarse–. Pero enseguida te acostumbras.

–Lo siento –repitió él, en inglés esta vez.

A Lydia le había gustado más la respuesta espontánea que había utilizado antes, pero en ese momento su mente estaba centrada en otras cosas. Sus perspicaces ojos de color ámbar se concentraron en él y, tragando con nerviosismo, se dio cuenta de que, adelantándose al programa, el hombre con el que se suponía que debía pasar los siguientes días, el hombre a quien debía conocer «accidentalmente» en unas horas, estaba justo delante de ella.

Su mente se afanaba en buscar una explicación mientras miraba a su alrededor con ojos indecisos. Casi esperaba ver aparecer por la puerta a sus colegas, Graham y John, o que Anton Santini se presentara, diciendo que había habido un error en el programa previsto y que aquel iba a ser su encuentro accidental.

Eso lo explicaría, decidió Lydia. Eso explicaría por qué había nadado hacia ella a toda velocidad, explicaría por qué ella había tomado conciencia de su presencia, por qué sus ojos estaban fijos en ella como si la conociera… ¡porque realmente *sabía* quién era ella!

Pero, lejos de presentarse, le hizo un breve gesto con la cabeza antes de salir disparado hacia el extremo opuesto, dejándola agarrada al bordillo, con el corazón desbocado y la respiración entrecortada. Solo que no tenía que ver con el ejercicio, sino con el hombre con quien estaba compartiendo la piscina. Sentía un cosquilleo por toda la piel tras el breve contacto. Su mente luchaba por tranquilizarse, por aplacar la energía que había despertado en ella, por frenar el bombeo de adrenalina por sus venas. No sabía qué hacer, no muy segura de si realmente Anton sabía quién era ella, preguntándose si se sentiría confuso al no ver en ella reacción alguna ante su acercamiento.

Inspirando profundamente, y a pesar de que su cuerpo estaba cansado, Lydia sabía que tenía que seguir nadando, consciente de que si Anton estaba allí cualquiera podría estar mirando. Elevó la vista hacia las cámaras de seguridad. Aunque estaban solos en la piscina, el encuentro tenía que parecer accidental; que nadie conociera la identidad del enemigo constituía la mayor amenaza para la seguridad de Anton Santini.

Nadar un par de largos más debería haberle resultado fácil, pero era incapaz de nadar relajadamente y Lydia trató de dilucidar cuál era la causa. Decidió que el entrenamiento, los largos que ya había hecho y después la subida de energía al darse cuenta de que Anton estaba en la piscina la habían dejado agotada. Sentía como si arrastrara por el agua su cuerpo mientras su mente daba vueltas como un CD atascado, zumbando furiosamente durante un momento antes de que sonara la única canción que no quería oír...

Se sentía excitada por él.

No tenía nada que ver con el hecho de que fuera Anton Santini, o lo que era lo mismo, el hombre a quien tenía que proteger a lo largo de los próximos días. Solo tenía que ver con el hombre que se había zambullido en el agua momentos antes, un hombre hacia el que se había sentido atraída incluso antes de reconocer su identidad. Y era ese pensamiento el que le asustaba, el responsable de que cada movimiento resultara una carga, el que dificultaba aún más ese encuentro por *azar*.

−¿Nadas a menudo?

La estaba esperando en el otro extremo, tal y como había esperado que hiciera, y tenía una voz profunda, áspera y con mucho acento. Con el corazón en la boca, Lydia se limitó a asentir.

−Casi todos los días −dijo a media voz−. Aunque creo que esta mañana ya he hecho demasiado. He estado entrenando, después me he metido en la sauna...

Levantó la mano para señalar el gimnasio que había a sus espaldas, pero la mirada de Anton no siguió la dirección que le indicaba. En su lugar, Lydia pudo sentir cómo sus ojos azul oscuro le recorrían el delgado brazo, incendiándole la piel a su paso. Anton tomó nota de todos los ángulos de los definidos músculos, de sus pecas del color del té y, a continuación, descendió por su delicado cuello, abrasándola con sus ojos. El latido del pulso en el cuello, la manera en que tragaba con nerviosismo, incluso el más mínimo movimiento pareció acentuarse hasta que, finalmente, la miró a los ojos. Pero no sintió alivio, sino una sorprendente atracción. Era un sentimiento poderoso, aterradoramente estimulante, y Lydia sintió que el pánico aumentaba. Luchó por negar lo que sus ojos acababan de constatar, decirle a aquel hombre que la suya iba a ser una relación estrictamente de negocios, que ella solo estaba allí porque era su trabajo. Se suponía que iba a encontrarse con él en el vestíbulo del hotel en dos horas, cuando ella estuviera pagando para abandonar el hotel completo, se suponía que le iba a echar encima un vaso de agua. Se suponía que tenían que mostrar atracción mutua, tanto que Anton Santini arreglaría el problema de la falta de habitaciones libres instalándola en su propia habitación. Ese era el plan.

En ese momento, se esperaba que Anton Santini atravesara la sección de Aduanas donde John y Graham le darían esas mismas instrucciones.

¿Qué había ocurrido?

Lydia no tenía tiempo para adivinanzas, no tenía tiempo para examinar el cómo y el porqué. Tenía que apartar la mente de la deliciosa distracción de sus ojos y ponerse en funcionamiento, no como mujer sino como detective. Si los planes habían cambiado, también cambiaría su forma de acercamiento.

—Soy Lydia —consiguió decir, forzando una sonrisa con unos labios que se negaban a obedecer—. ¿Y tú eres…?

Anton le dedicó una pequeña sonrisa de superioridad por toda respuesta, sus voluptuosos labios se curvaron hacia arriba ligeramente, sus ojos oscuros descaradamente fijos en ella. Lydia sabía que Anton no quería seguir el juego y que las presentaciones eran innecesarias cuando ambos sabían quién era el otro, pero lo cierto era que *alguien* podría estar mirando, se recordó Lydia. Se lo recordaría a Anton más tarde, cuando estuvieran a solas.

A solas.

Sintió un nudo en el estómago al pensar en ello. La anticipación parecía haberse apoderado de ella, se son-

rojó al pensar en las mil ideas de todo punto inapropia-
das que le pasaron por la mente. Ahora comprendía
cómo tantas mujeres hermosas y poderosas caían ren-
didas a sus pies sin remedio; cómo, ignorando la terrible fama que lo precedía, abandonaban toda prudencia.
La cruda y absoluta sensualidad que irradiaba aquel
hombre era devastadora, su presencia, abrumadora, capaz de bloquear toda sensatez y raciocinio con la
fuerza de un eclipse solar. Y en ese momento justa-
mente, aunque todo estuviera organizado de antemano,
aquel hombre estaba dirigiendo toda esa fuerza hacia
ella.

Lydia luchó por mantener la cabeza en su sitio mientras su cuerpo le urgía a una respuesta más primitiva.
Más furiosa consigo misma que con él, habló con tono
exigente, sosteniéndole la mirada con osadía, mientras
insistía en que se presentara.

–¿Tú eres…?

–Yo…

La sonrisa de Anton rozaba ya la crueldad, como la
de un depredador delante de su víctima. Era imposible
escapar a su mirada, como si la sala se hubiera encogido, el aire caliente empezaba a resultar sofocante, la
atmósfera tan cargada de sensualidad que Lydia casi
podía oír el siseo de la temperatura que aumentaba
conforme se acercaba más a ella.

–…voy a besarte…

Lydia no sabía qué hacer. Su cabeza le decía que se
retirara, recordándole que tal nivel de intimidad no se
especificaba en el trabajo que se le había asignado.
Pero, en vez de ello, levantó la mirada hacia aquel
hombre tan asombrosamente hermoso, los ojos muy
abiertos, el cuerpo rígido a causa de una curiosa aunque mareante expectativa, mientras Anton acercaba el
rostro hacia ella, llenándola de puro y simple deseo sexual.

La sombra de la incipiente barba que le cubría el

mentón era de un negro azulado como el de sus ojos parapetados tras espesas pestañas, los pómulos exquisitamente cincelados en su arrogante rostro. Ciertamente, decidió Lydia, era el hombre más hermoso que había visto en su vida. Parecía que hasta su fuerza y arrogancia estaban grabadas en cada uno de sus rasgos. Y, sin embargo, sus ojos la miraban con dulzura, suavizando el pánico y haciendo que se multiplicara al mismo tiempo. Lydia no quería moverse, no quería perderse tan prometedor placer. Aunque aquello estuviera organizado, aunque solo fuera un espectáculo fingido, una vocecilla le decía que lo hiciera; una pequeña y peligrosa voz que nunca antes había oído le decía que no se perdiera la placentera sensación de tener a aquel hombre a su lado, que ningún hombre volvería a besarla y abrazarla tan maravillosamente como Anton Santini.

Cerró los ojos y se abandonó a la vertiginosa expectación mientras Anton se acercaba a ella dolorosamente despacio… pero, en un curioso viraje, sus labios no cubrieron los suyos. En su lugar, Anton le rozó levemente la mejilla con la suya, dejando que su aliento le hiciera cosquillas en el rostro.

Notó la superficie rasposa del mentón arrastrándose lentamente a lo largo de su piel, tan lentamente que era casi doloroso. Y sin embargo, tuvo el efecto deseado. El sensual movimiento hizo desaparecer todo rastro de miedo en ella que, con habilidad magistral, sustituyó por deseo, un deseo que era físico, palpable. Los labios de Lydia se estremecieron, el cuerpo inflamado en traicionera respuesta a su contacto. Fue ese contacto el que la llevó a acercar los labios a él, tan magnética era la fuerza que ejercía sobre ella que la razón y las dudas fueron suprimidas, y fue Lydia la que se dejó llevar hacia él, fueron sus labios los que buscaron los de él hasta que, finalmente, deliciosamente, se encontraron.

Paladeó el contacto y la presión de sus labios contra los suyos, la frescura de su lengua mientras entreabría sus labios deseosos, su mano soldada a su espalda atrayéndola hacia él cada vez un poco más, avivando las llamas del deseo. Derritiéndose por dentro literalmente, notó que sus dedos se soltaban del bordillo, pero el fondo de la piscina estaba demasiado profundo para hacer pie. Anton la sostuvo sin dificultad, su cuerpo ligero dentro del agua, rodeándola con sus brazos mientras la devoraba con la boca, y sus cálidos y musculosos muslos la llevaban a olvidar la realidad.

Sus pezones hinchados presionaban contra el tejido de lycra del bañador y el calor aumentaba entre sus piernas. El deseo que la llenaba no había sido aún satisfecho; lejos de ello, saborear semejante placer no hacía sino aumentar su avidez, su ansia. Sentimientos recíprocos. El bulto de su erección contra su estómago plano era impresionante y Lydia presionó su cuerpo contra él aumentando un deseo primitivo como nunca, ni en sus momento más íntimos, había experimentado. Un total y absoluto abandono, una completa y deliciosa pérdida de todo control.

Aquel hombre la hacía sentirse audaz, sensual, provocativa; aquel hombre la sumergía en la pasión.

Tenía la mente puesta solo en sus propios deseos, en el pulso que latía entre sus piernas. Su clítoris hinchado se sacudía espasmódicamente por un deseo que solo aquel hombre podía satisfacer. Seguía besándola, devorándola, pero su boca comenzó a descender hacia el cuello, el hueco de ambas clavículas. Enterró el rostro en su pelo mojado mientras ella clavaba los dedos en sus hombros, y, en un movimiento tan provocativo como instintivo, elevó las caderas hacia él varios centímetros. Anton clavó los dedos en la cálida carne de sus prietas nalgas y olvidó el profundo, lento y gutural beso cuando ella deslizó sus partes íntimas a lo largo del interminable miembro erecto de él.

Lydia notó el aliento cálido de Anton en su oreja. Deseaba que la tomara, que rasgara el delgado tejido que la cubría. Deseaba que la llenara, que calmara el frenesí en que se encontraba su cuerpo bajo la tranquila superficie del agua. Su estómago se tensaba a cada rítmica contracción y sus piernas lo rodearon para sentir contra sí aquella vara de acero. Ebria de sensaciones, embriagada, débil, Lydia apoyó la cabeza en su hombro húmedo y mordisqueó la piel salada, ardiendo en deseos de que la poseyera, segura de que la potencia de su erección podría atravesar la tela que cubría su íntima cavidad. Podía sentir el pulso de su inminente orgasmo, el vacío en su abdomen como un abismo que rogaba ser llenado. Y, a juzgar por el aliento entrecortado que sentía en el oído y la tensión de los músculos del cuerpo que se apretaba contra el suyo, Lydia supo que a su pareja le ocurría lo mismo.

Anton la soltó un momento mientras tironeaba con impaciencia de su bañador, golpeando sin querer con los nudillos la cara interna de los muslos de Lydia. El dolor no hizo sino intensificar la sensación, abandonándose por completo mientras se imaginaba la perversión de hacer el amor con Anton Santini…

¡Anton Santini!

Las dos palabras fueron como una brutal bofetada en sus mejillas enrojecidas; el instinto de supervivencia hizo que se detuviera en el último momento, afortunadamente. La realidad la golpeó violentamente y Lydia se apartó, luchando por recuperar el aliento, horrorizada por lo que había ocurrido. Su cuerpo se sacudía por el deseo insatisfecho mientras su mente buscaba el control, la vista fija en los ojos interrogativos de él.

Aquello era trabajo. Era su forma de vida. Pero no era solo eso lo que la había hecho detenerse. Había sido el hecho de cobrar conciencia de que un hombre tan sofisticado y despiadado como Anton Santini la había llevado en cuestión de minutos a semejante estado de deseo. Si perdía la cabeza, se dejaría avasallar; él la aplastaría con la palma de su mano sin apenas darse cuenta.

–¿Lydia? –murmuró él, evidentemente confuso por el cambio de actitud.

–Tengo que irme… –dijo ella, sacudiendo la cabeza como tratando de aclararse las ideas–. Tengo que ir a la peluquería…

Y él debería haberlo entendido, el detective John Miller debería haberle puesto al corriente del plan. Pero él se limitó a mirarla. Lydia creyó comprender su confusión, pensó que John le habría dicho que no iban a dejarlo nunca solo.

Su mente trabajaba sin descanso en busca de una solución que encontró casi instantáneamente.

–Podríamos subir a mi habitación –dijo Lydia, desesperada por salir de la piscina, por averiguar qué demonios estaba pasando y, tal vez lo más importante, por enfrentarse a aquel hombre completamente vestida.

Pero se detuvo al oír ruido de voces en el pasillo exterior. Consciente de la precariedad de la situación, se movió con rapidez, colocándose entre Anton y la puerta.

–¿Qué estás haciendo? –preguntó él con voz irritada, confuso por el cambio en su actitud, pero no había tiempo para explicaciones al ver aparecer a Maria en compañía de otra mujer. Aunque Maria estaba vestida aún con albornoz blanco y llevaba una toalla enrollada debajo del brazo, Lydia sabía que iba armada.

–*Signor Santini, che cosa fa qui?*

Una mujer grande e iracunda, Lydia supuso que era Angelina, gesticulaba bruscamente señalando a su jefe.

–*Suo nuotando!* –respondió Anton sin más.

Lydia se sumergió en el agua y nadó hasta el bordillo y, tocando agradecida la escalerilla de metal, salió de la piscina. Era como si no le quedara médula en los huesos, tan débiles sentía las piernas mientras se ponía el albornoz.

–Le estoy preguntando qué hace aquí tan pronto –dijo Angelina con voz exasperada conforme Lydia se acercaba a ellas–. Y me dice que está nadando. ¡No tenía ni idea de que ya estaba de camino!

–Bueno, ahora está aquí –dijo Maria, con un tono seco en la voz, frunciendo el ceño al ver a Lydia, que se ataba el cinturón del albornoz con dedos temblorosos, pálidos y arrugados después de tanto tiempo en el agua–. ¿Todo va bien?

–Todo bien –dijo Lydia, sin confiar demasiado en su voz. Su primer encuentro con Anton aún la tenía brutalmente confusa.

–Sube a ducharte rápidamente –la instó Maria en voz baja–. Dirígete al salón de belleza a continuación. Yo le cubriré mientras tú te vistes y luego lo acompañaremos a su habitación. Tenemos que informarle de la situación.

–¿Informarle? –Lydia parpadeó rápidamente varias veces. Debía haber oído mal. Tal vez Maria no supiese que Anton ya había sido puesto al corriente de todo. Tenía que ser eso. A no ser que…

El pánico se apoderó de ella mientras intentaba afrontar la terrible posibilidad, que Anton Santini no hubiera sido puesto al corriente de nada, que no supiera quién era ella, que simplemente se hubiera sentido atraído por ella y se hubiera acercado, tal como su biografía decía que hacía, con la absoluta seguridad de que ella respondería al acercamiento.

¡Y lo había hecho!

–¿Dónde están John y Graham? –preguntó Lydia, tratando de mantener la voz tranquila mientras Anton salía del agua, apartando velozmente la mirada cuando trató, sin éxito, de no prestar atención al espléndido cuerpo que tan solo momentos antes había tenido junto al suyo.

–Vienen del aeropuerto –dijo Maria y el último vestigio de esperanza de Lydia desapareció. Anton no tenía ni idea de quién era ella–. Los he llamado para decirles lo que ha ocurrido.

Con las mejillas violentamente enrojecidas, evitó mirarlo. De alguna manera consiguió recoger su bolsa del gimnasio, y salir hacia los ascensores, con el corazón martilleándole el pecho.

Le habría hecho el amor si ella le hubiera dejado y ella había estado a punto de dejarle. A punto de dejar entrar a un extraño, dejar que derribase su fría fachada en un momento fatal en que había bajado la guardia. Anton no había visto su otro lado de momento, era como si su alter ego hubiera emergido, una lasciva y sensual mujer que sabía cuáles eran sus necesidades.

Se dirigió a su habitación con el piloto automático, se duchó y se vistió rápidamente. Cerró los ojos, aún sin poder creerlo, mientras una oleada de vergüenza recorría su cuerpo y una nueva cuestión despertaba en su conciencia.

¿Qué debía estar pensando Anton de ella?

Capítulo 2

LA PRESIÓN que la peluquera ejercía con las yemas de sus dedos sobre el cuero cabelludo de Lydia mientras extendía acondicionador por su cabello no consiguió distraerla. Su mente seguía trabajando, tratando de comprender cómo se suponía que iba a enfrentarse a Anton Santini, cómo demonios conseguiría mantener la distancia, la profesionalidad, después de lo ocurrido en la piscina. De momento, tendría que conformarse con poder mirarlo a los ojos.

Pero no podía perder el control. No solo su carrera dependía de ello, sino la vida de Anton. Y, dado que había aceptado ser su protectora, su vida también podía estar en peligro. No había tiempo para actuar como una torpe adolescente; tenía que recuperar el control de tan fatal situación, recuperar su dignidad. Pero, por primera vez en su vida, no tenía la menor idea de cómo actuar. ¿Cómo negar la patente y abrumadora pasión que se había apoderado de ella? ¿Cómo negar el sensual y voluptuoso alter ego que había emergido al mero contacto con él?

—Tiene cita para manicura, maquillaje y peinarse, ¿no es así? —preguntó Karen, la esteticista mientras le envolvía la cabeza con una toalla templada y la conducían a la sala de maquillaje.

—Sí, por favor —dijo Lydia, asintiendo con la cabeza mientras se sentaba en la silla y trataba de que su voz sonara displicente, como si acudir al salón de belleza fuera de lo más habitual en ella—. Aunque no estoy muy segura de si quedará tiempo para la manicura. Tengo una cita...

—No hay problema —la interrumpió Karen, acostumbrada a tratar con clientes muy ocupados—. Cindy puede ocuparse de sus uñas mientras yo la maquillo. Echemos un vistazo —y al tiempo que lo decía, le quitó la toalla y le pasó los dedos por los rizos pelirrojos—. ¿Trabajo o placer? —preguntó Karen y, al ver que Lydia parpadeaba confusa, se explicó—. Su cita. Es para hacerme una idea del aspecto que le gustaría tener.

—Negocios —dijo Lydia con firmeza—. ¡Y quiero tener un aspecto fabuloso!

—Oh, lo tendrá —dijo Karen. Guiñándole un ojo al tiempo que reclinaba la butaca hacia atrás y se disponía a empezar.

Lydia cerró los ojos mientras le arreglaban con destreza algunos pelos de las cejas y le extendían una generosa capa de crema perfumada por todo el rostro, charlando amigablemente con Karen sobre joyas y las piezas fuera de lo común que supuestamente diseñaba, practicando la identidad fingida que tendría que llevar durante los próximos días.

—¿Cuánto tiempo se quedará en el hotel?

—Salgo esta mañana —dijo Lydia, encogiendo los hombros con gesto apesadumbrado—. Cuando me registré, esperaba poder quedarme cuatro noches pero, al parecer, todo el hotel está completo en las próximas semanas, algunos personajes muy importantes llegan esta mañana. El botones debe estar bajando mi equipaje al vestíbulo en estos momentos y el conserje está buscándome otro alojamiento.

—Eso es lo que tiene que hacer —murmuró la esteticista—. Mira que echar a un cliente... —se cortó al darse cuenta de que, probablemente, había sobrepasado los límites, pero Lydia siguió presionando, contenta de poder enterarse de algo. Tragó saliva y trató de aparentar ser la rica mujer que se suponía que era.

–Te aseguro que estoy muy furiosa con la situación –Lydia fingió estar enfadada–. Y sinceramente espero que alguno de los conserjes pueda encontrarme un lugar adecuado, algún sitio con un salón de belleza decente, al menos. ¿Quiénes son esos personajes tan importantes, si puede saberse?

–De la peor clase –respondió la esteticista con un suspiro dramático–. Parece que van a absorber el hotel y esperan la llegada de los peces gordos de las cadenas hoteleras más importantes de Europa. Se nos ha ordenado mostrar nuestro mejor comportamiento. ¿Qué tal si probamos con gris?

–¿Disculpa? –preguntó Lydia, abriendo los ojos sin comprender.

–En sus ojos. Sé que me ha dicho que prefiere un acabado natural, pero un tono ahumado resaltará el asombroso color de sus ojos, más dorado que avellana.

–No quiero que sea nada recargado –dijo Lydia–. De verdad, prefiero algo más natural.

–Confíe en mí –insistió Karen, buscando con sus dedos de uñas rojas entre las diminutas polveras, los ojos entornados al mirar más de cerca el rostro de Lydia–. Tendrá un aspecto impresionante. Una pasada con mi varita mágica y haré otra mujer de usted.

Ser otra mujer era exactamente lo que necesitaba, pensó Lydia con pesar, si quería enfrentarse a Anton. Un plan comenzó a forjarse en su cabeza.

–¿Podrías hacer algo para aclarar el tono de mi piel?

–Pero si es usted blanca como el papel –dijo Karen, mostrando su desacuerdo.

–Pero me sonrojo terriblemente –dijo Lydia, encogiéndose de hombros–. Y, como he dicho, tengo una importante cita esta mañana. No quiero que mi rubor me traicione cuando discutamos precios.

–Necesitará una base verde –dijo Karen, asintiendo conocedora–. Nadie sabrá lo que está pensando –sonrió a Lydia, que la miraba con gesto sorprendido–. Por suerte tengo estos fabulosos polvos minerales. Nos los traen de Nueva York. Con ellos, le aseguro que podrá doblar el precio si quiere, hasta triplicarlo, y seguirá teniendo un tono pálido y frío como la porcelana.

–¿De veras? –preguntó Lydia con gesto dudoso.

–¡De veras! –Karen volvió a guiñarle un ojo–. Tendremos que prestar atención al escote. Esa parte sí que puede traicionarla cuando se sonroje.

Y estaba segura de que se sonrojaría.

Solo pensar en tener que enfrentarse a Anton le aceleraba el pulso al tiempo que un abrasador y vergonzoso calor le recorría el cuerpo. Pero, conforme Karen trabajaba, el horror inicial fue cediendo, y Lydia se abandonó al placer de sus cuidados, consciente de que en unos cuantos días volvería a llevar tan solo un poco de crema solar y máscara de pestañas, con suerte.

Lydia dejó que Karen la transformara mientras Cindy se ocupaba de sus uñas. Ni siquiera se miró en el espejo cuando se sentó erguida para que la peinaran, tan concentrada estaba en su revista mientras le estiraban los rizos hasta debajo de los hombros.

Por primera vez en años, Lydia no pasó las páginas hasta la sección de salud, ni leyó cómo aumentar su resistencia o limpiar su organismo en una semana. Incluso pasó de largo un artículo sobre un caso de gran notoriedad que se había llevado a los tribunales recientemente. En su lugar, con cierto nerviosismo, echó un vistazo a las páginas de sociedad. Casi podía oler el caro perfume que despedían los pechos de silicona de las famosas. Miró las relucientes sonrisas y, por primera vez desde su llegada, sonrió.

Resultaba increíble lo variado que era su trabajo. A esa misma hora tan solo una semana antes, estaba de vigilancia vestida con chándal azul marino bebiendo ingentes cantidades de café para no dormirse mientras charlaba de cosas sin importancia tratando de animar a Kevin Bates, un inspector del cuerpo con quien solía trabajar, un hombre que le gustaba y a quien admiraba.

Cuarenta y ocho horas confinada en su compañía, escuchándolo hablar con inquietud de su hijo mayor a quien le habían quitado las amígdalas, parecían estar a años luz de lo que estaba viviendo en esos momentos. Zumo de naranja y guayaba en vez de café y enormes cuartos de baño de mármol en vez del rudimentario retrete portátil instalado en la furgoneta que había tenido que soportar para no delatar su posición abandonando el puesto de vigilancia.

Y por unos días, todo un mundo de opulencia se abría ante sus ojos, y tenía la orden de fingir ser parte de él. Lydia se juró que haría como Maria. Había visto lo malo del mundo demasiadas veces. Durante los próximos días, disfrutaría de lo bueno.

–¡Ya está! –resonó la voz triunfal de Karen mientras le quitaba la toalla y la bata y le cubría los hombros con el pelo–. Traeré un espejo para que pueda verse los lados y la espalda.

Mirando su perfil desde cada ángulo, Lydia apenas se reconocía. Sus rizos eran un mero recuerdo. En su lugar, su pelo relucía como una cortina de seda. Pero no no era solo su pelo lo que la tenía hechizada, ¡era el resultado completo! El brillo dorado de sus ojos bajo el tono ahumado de sus párpados se enmarcaba a la perfección por las pestañas oscurecidas; su piel parecía relucir con aspecto deliciosamente sano; las pinceladas de rubor en el centro de sus mejillas desviaban la atención hacia el tono oscuro y sexy de sus labios.

–Pruebe ahora –se rio Karen.

–¿Probar qué? –preguntó Lydia, hechizada aún por la imagen reflejada en el espejo.

–Pruebe a pensar en algún oscuro secreto, algo de lo que se avergüence profundamente, y compruebe que el maquillaje es mágico.

Y lo hizo…

Revivió en la mente el absoluto abandono que se había permitido esa misma mañana. La incitante sensación de los besos de Anton, la frescura de su boca, la forma en que le mordisqueaba la lengua. Casi podía sentir su erección de acero presionando contra sus partes más íntimas. Casi podía sentir su propia predisposición a sobrepasar los límites que hasta ese día había mantenido infranqueables. Mirando su reflejo, Lydia visionó lo que hasta hacía poco parecía imposible: se veía enfrentándose a Anton Santini, el hombre a quien había revelado demasiado de su personalidad; se veía mirando aquellos crueles y sensuales ojos sin perder el aplomo, haciendo el papel de la detective fría y distante que se suponía que era y de alguna forma poder fingir que él no la había alterado.

–Fresca como un pepino –dijo Karen, y Lydia parpadeó sorprendida a su reflejo, asombrada de que la esteticista tuviera razón. Su rostro seguía pálido, ni rastro del rubor. Sus hombros mostraban un tono crema sobre los cuales resaltaba el vestido de color rojo fuego y Lydia sintió que, tal vez, hubiera alguna posibilidad…

Poder mirar a Anton y decirle que no la afectaba. Decirle que la abrasadora intimidad que habían compartido no había sido una muestra de placer sino, meramente, una obligación, la cruz con la que tenía que cargar.

¡Lo conseguiría!

Y como se suponía que era rica, un mero detalle como el pago no debería ni pasársele por la cabeza. Debería salir de allí sacudiendo su cabellera perfumada. Pero, metiendo la mano en el bolso, sacó un billete y se lo dio a Karen. Sonrió levemente al ver que la mujer cerraba los dedos alegremente sobre el papel y, a continuación, salió al vestíbulo. Vio al botones con su equipaje. Un conserje hablaba por teléfono mientras trataba de llamar su atención para decirle que ya le había conseguido plaza en otro hotel. Pero Lydia lo ignoró deliberadamente, y se dirigió al restaurante, dispuesta a enfrentarse a Anton. Aunque esta vez, lo harían con sus condiciones; ya no sería la mujer a la que había visto antes, sino la detective que era.

Capítulo 3

ES UNA reacción exagerada! –las palabras de Anton resonaban como disparos en la suite presidencial.

Duchado y vestido, quería que su día siguiera con su curso normal, terminar con aquella ridícula discusión y seguir con sus planes.

–Angelina no tenía por qué contactar con la policía sin haberlo consultado antes conmigo –añadió.

–Trató de contactar con usted, señor, pero tenía el móvil desconectado.

Kevin Bates se enfrentó a Anton y trató de recuperar el control de la situación. Los intentos de Maria de explicar lo ocurrido habían sido recibidos con sumo desprecio, pero esperaba que alguien de más autoridad como un inspector pudiera calmar los ánimos.

–Señor, parece que no comprende la seriedad de la situación. Como Maria trataba de explicarle, estamos seriamente preocupados por su seguridad… Tenemos razones para creer que intentarán atentar contra su vida...

–¿Por unas flores? –interrumpió Anton.

–Por esto –contestó Kevin, entregándole una tarjeta.

–Dice *Bienvenido, señor Santini*. ¿Qué otra cosa puede significar?

–Tiene usted una asistente personal excelente, señor Santini. De hecho, le debemos a ella el haber podido reconocer la amenaza gracias a la atención que presta a los detalles. El hotel habitualmente obsequia a sus ocupantes de la suite presidencial con un arreglo floral de especies autóctonas…

—¿Y?

—Estas flores fueron enviadas al hotel anoche. Las enviaron desde una floristería de esta misma calle y pagaron en efectivo. La tarjeta estaba mecanografiada.

—¿Por quién?

—La florista no lo recuerda. Después de todo, no es algo inusual. Lo que sí es inusual, señor Santini, es que idéntico ramo de lirios acompañado por idéntica tarjeta le fuera enviado al hotel en el que se hospedó usted en España hace seis meses, cuando le dispararon.

—No me dispararon —respondió Anton—. La policía dijo que me vi en medio de una pelea callejera. Simplemente estaba en el lugar equivocado en el momento equivocado. Mala suerte, nada más.

—En aquel momento, pareció ser eso —dijo Kevin, asintiendo con la cabeza—. Sin embargo, Angelina informó con todo detalle a la policía española; en el momento del tiroteo ella se encontraba en su habitación, ocupándose de la correspondencia. Debería haber estado con usted. Las flores habían sido enviadas al hotel y no tenía ni idea de quién las enviaba. Parece un detalle insignificante, tanto que cuando le enviaron flores a su hotel en Nueva York aún seguía sin parecer relevante…

—Estuve a punto de ser atropellado en Nueva York… —Anton comenzaba a tomar conciencia, mientras se pasaba la mano por el pelo en un intento por recordar los detalles—. Un coche se dirigió directamente hacia mí, acelerando cada vez más. Salté justo a tiempo. Me disloqué el hombro, pero supe que había tenido suerte. La policía dijo que…

—¿Lugar equivocado, momento equivocado? —sugirió Kevin y Anton asintió—. Estas flores son una llamada de atención, señor Santini. Un aviso que tenemos que tomar en serio. Creo que también ha estado recibiendo llamadas insultantes.

–Unas cuantas –dijo Anton, encogiéndose de hombros, pero Kevin sacudió la cabeza.

–Su asistente no opina lo mismo. En los últimos doce meses ha recibido numerosas llamadas, tantas, de hecho, que no solo la compañía de teléfonos, sino también la policía de Roma está investigando. ¿Tengo razón en que se han hecho más frecuentes en las últimas semanas?

Finalmente, Anton concedió que todo era cierto con un breve gesto de asentimiento.

–¿Quién? ¿Quién quiere hacerme daño?

–Eso es lo que no sabemos –admitió Kevin–. Créame, tenemos la intención de averiguarlo. Sin embargo, nuestra principal preocupación es su protección durante su estancia en Australia. Y ahora, le informo de que no debe hablar de esta operación de seguridad con nadie, ni siquiera con sus empleados.

–¿Por qué no?

–Porque en estos momentos todos son sospechosos en esta investigación –cuando Anton abrió la boca para quejarse, Kevin se le adelantó–: Es solo una posibilidad que debemos considerar. Por esa razón, su asistente personal será la única que sepa que hay un dispositivo encubierto. Maria se quedará con Angelina, dado que ella tiene acceso directo a usted, y tendremos otros detectives en el hotel. Naturalmente, dejaremos a uno con usted todo el tiempo.

–¿Cómo espera que le explique a mis empleados el hecho de que un agente de policía me acompañe a todas horas? Con todos mis respetos, usted parece un agente de policía –dijo Anton. La impaciencia se hacía patente en cada gesto; su tono de voz se había elevado.

–No somos tan estúpidos, señor Santini –dijo Kevin, sonriendo lacónicamente–. Puedo asegurarle que el detective que lo acompañará se adaptará a la perfección.

–¿Cómo? –preguntó Anton, más intrigado que enfadado–. Comprendo que podamos hacer pasar a Maria sin levantar sospechas diciendo que Angelina necesitaba ayuda, pero...

–¿Recuerda a la mujer que estaba con usted en la piscina esta mañana? –preguntó Maria, notando que Anton fruncía el ceño–. Estaba allí cuando llegamos Angelina y yo –al ver que Anton fruncía más el ceño, Maria supuso que lo hacía porque estaba tratando de recordarla–. Pelirroja, estaba haciendo unos largos en la piscina. Probablemente no se diera cuenta de su presencia, pero lleva en el hotel desde ayer, haciéndose pasar por una diseñadora de joyas de Sídney que ha venido a Melbourne para mostrar su trabajo...

–¿Es *detective*? –preguntó Anton en forma de susurro áspero al cobrar conciencia. Cerrando los ojos un momento, revivió los acontecimientos. Con el beneficio que daba la retrospectiva, apretó los labios, lleno de ira–. ¿Me está diciendo que esa mujer era en realidad un agente de policía?

–No, señor Santini –respondió Kevin con paciencia–. Durante los próximos días, para todo el que pregunte, Lydia será una diseñadora de joyas de visita en Melbourne en busca de nuevos clientes. Sin embargo, dado que el hotel está lleno, se marcha esta misma mañana. El botones está bajando su equipaje al vestíbulo según hablamos.

–Creía que había dicho que se quedaría conmigo.

–Y así es –asintió Kevin, disfrutando al ver a aquel hombre tan poderoso momentáneamente perdido mientras él explicaba su plan cuidadosamente urdido–. En un principio, habíamos planeado que se quedara en el hotel hasta la hora de la comida pero, dado que usted ha llegado pronto, hemos tenido que acelerar las cosas. Intentará ligársela y, tras un breve intercambio, la invitará a quedarse con usted. Por lo que hemos leído, señor, no creo que ninguno de sus empleados se sorprenda al encontrarlo acompañado por una bonita mujer cuando lleguen. Es sabido por todos que trabaja con rapidez.

Anton apretó los labios, conteniéndose para no responder porque, aunque le irritara admitirlo, el detective Bates estaba diciendo la verdad, nadie se sorprendería cuando llegaran y encontraran a una bella mujer de su brazo. Después de todo, no sería la primera vez.

–Cuando se queden a solas, Lydia le dará más detalles y tratará de deducir por lo que usted pueda decirle cualquier pista que nos lleve hasta la persona que trata de hacerle daño. Le informará asimismo de cómo habrá de comportarse en los próximos días. Pero esas conversaciones solo podrán tener lugar dentro de su habitación, y aun así, solo cuando Lydia decida que es seguro hacerlo y que están completamente a solas. Siempre que estén fuera de la habitación o haya una tercera persona presente, deberán actuar como amantes…

Kevin se detuvo un momento para darle tiempo a digerir las instrucciones. Le desconcertaba, sin embargo, la expresión de asombro en el rostro de Santini. Inicialmente, el hecho de que su vida pudiera estar en peligro no le había arrancado reacción alguna y, sin embargo en ese momento, Kevin pensó que la turbación se debía a que poco a poco estaba tomando conciencia de ello. La voz del detective se suavizó ligeramente.

–Y ahora, para hacer que su contacto inicial parezca fortuito, hemos pensado que podría acercarse al bufé del desayuno…

–¿Qué quiere decir con «contacto inicial»? –dijo Anton con claro desprecio, tratando de recuperar el control, obligándose a alejar de sus pensamientos a Lydia y centrarse de nuevo en la conversación. ¿De qué demonios le estaba hablando? ¿Acaso no se había dado cuenta aquel payaso de que ya había ocurrido, que el «contacto inicial» ya se había producido?

Pero justo cuando se disponía a sacarlo de su error,

se lo pensó mejor. Hacía tiempo que había aprendido que cualquier información, por insignificante que pudiera parecer, podía ser un arma vital que podría utilizar más tarde. Que para tener la sartén por el mango, uno tenía que adelantarse a todas las jugadas. Así que decidió cambiar de táctica.

Aún con gesto burlón, cambió la pregunta.

–¿Por qué demonios tendría que ir al bufé del desayuno? Yo no utilizo el autoservicio. ¿Se les ocurrió pensar en ello mientras urdían su plan?

No recibió respuesta. Todos guardaron silencio en la habitación hasta que sonó el móvil de Kevin.

–Está lista –asintió Kevin, tras lo cual cortó la comunicación e hizo un gesto a Maria–. De acuerdo, señor Santini, dos detectives suben hacia aquí en el ascensor. Se llaman Graham y John. No hable con ellos, trátelos como si fueran extraños. Bajarán con usted en el ascensor y observarán hasta que llegue al restaurante. Una vez allí, Lydia entrará. Tal vez podría usted…

–No necesito que me digan cómo ligar con una mujer –se mofó Anton, horrorizado por lo que había ocurrido poco antes, aunque más que dispuesto a encontrarse de nuevo con esa mujer y decirle lo que pensaba–. Vamos –dijo, chasqueando los dedos con impaciencia–. Acabemos con esto. ¡Hagamos el «contacto inicial»!

Capítulo 4

TRAS pedir café, Anton miró a su alrededor, preparándose para la aparición de Lydia. Para cualquiera que pudiera estar mirando, parecería un hombre seguro de sí mismo que leía la sección de negocios del periódico, pero por dentro estaba hirviendo.

Aquella mujer lo había *utilizado*, había jugado con él; había sido ella la que había demostrado tener el control y le escocía tener que admitirlo. Le costaba tragar el amargo sabor de su propia medicina.

Anton se preguntaba en qué demonios había estado pensando. Aparte del hecho de que era una detective, qué demonios había hecho. Prácticamente le había hecho el amor a una extraña en una piscina, sin pensar en anticonceptivos, en las consecuencias...

¡Podría haber sido cualquiera!

Anton apretó la mandíbula. Levantó entonces la vista de su periódico y su mente enloquecida pareció detenerse al ver entrar a una mujer de piel pálida. Su furia se desvaneció por un momento mientras la observaba atravesar el salón. Tal vez el sol de la mañana en Australia que se colaba por las ventanas se hubiera ocultado tras una nube, ensombreciendo la luz brillante de las lámparas del restaurante, pero lo cierto es que, de pronto, le pareció que la enorme y luminosa estancia se oscurecía. Hasta el ruido de vajilla y cubertería, de la conversación de los otros clientes, pareció atenuarse, desvanecerse en la distancia mientras que Lydia se convertía en la única luz.

Lydia llenaba todos y cada uno de sus sentidos con su presencia tan abrumadora, tan apasionada, era como si aún pudiera saborear la fresca sensualidad de su beso, aspirar nuevamente el agridulce aroma de su excitación. Su presencia era tan potente que, conforme atravesaba la estancia, sintió como si todo excepto ella desapareciera a su paso, como si fueran catapultados de nuevo a la leve intimidad de la piscina. Anton sintió cómo el deseo se abría paso en él al ver aquellas largas y esbeltas piernas que un rato antes había tenido enroscadas alrededor de su cintura. Su cuerpo respondió como si se tratara de un adolescente movido por la testosterona, absorbiendo cada detalle de Lydia. La piel, cuyo contacto antes le había abrasado, aparecía cubierta ahora por unas medias de seda; y los pies que antes estuvieran desnudos, las plantas con las que le había rozado la piel, se adaptaban ahora a unas delicadas sandalias de tacón; el cuerpo tonificado, ligero como una pluma que había apretado contra el suyo, aparecía envuelto en un vestido de color naranja encendido, una decisión valiente con el color de su piel aunque el contraste resultaba apabullante. Exquisitamente confeccionado, le cubría el torso como una caricia, el corte sutil del tejido acentuaba el atractivo escote que formaban sus pechos, y la forma en que sus pezones sobresalían, lo obligaron a apretar los puños mientras sofocaba la ola de deseo que se había apoderado de él. Su inapropiada excitación quedó oculta bajo la mesa, afortunadamente, pero aun así luchó por sofocarla. Necesitaba levantarse, algo para beber, algo con lo que romper el hechizo. Pero, simplemente, no lograba arrancar los ojos de ella. La cascada llameante de su cabello le resultaba tan cautivadora como un fuego crepitante... hasta que recobró la sensatez.

Aquella era la mujer que lo había utilizado.

Aunque estaba de espaldas a la mesa de Anton, Lydia podía sentir el calor abrasador de su mirada sobre ella a medida que atravesaba el salón. Horriblemente expuesta a las miradas. Se sintió como una criatura indefensa vigilada de cerca, y aunque sus sentidos la avisaban del peligro, aunque cada fibra de su ser le estaba advirtiendo del acercamiento de aquel hombre, porque sus colegas estaban sentados a solo unos metros, logró fingir indiferencia.

Concentrada en no dejar caer las pinzas que tenía en la mano, se sirvió fresas y, cuidadosamente, seleccionó unos trozos de melón y de kiwi. Tenía el corazón en la boca, atenta a las señales de advertencia que le indicaban que se estaba acercando. Le entraron ganas de echar a correr, de huir de aquel peligroso depredador, pero se mantuvo firme; su confianza interior se tambaleaba, pero ella estaba decidida a desbaratar el ataque emocional que Anton le lanzaría con toda seguridad y a ocuparse de él con absoluta profesionalidad.

—Volvemos a encontrarnos.

Esta vez arrastró la voz lenta y suavemente. Captó su aroma antes que sus palabras, y sintió que se le erizaba el pelo de la nuca en reacción a él. Sin embargo, se negó a darse la vuelta, se negó a brincar, se negó a dejar que viera el impacto que su presencia tenía en ella. Colocó dos fresas más en su plato antes de responderle finalmente.

—Eso parece.

—Es una agradable sorpresa.

Anton estaba muy cerca de ella. Podía sentir el calor que emanaba de su cuerpo, la sofocante y embriagadora fuerza de su presencia conforme profundizaba más y más en su espacio personal, y Lydia sabía que había llegado el momento; que si quería tener alguna posibilidad de que su trabajo funcionara, alguna esperanza de controlar cualquier situación peligrosa a la que pudieran tener que enfrentarse, tenía que asumir el control, luchar por recuperar el amor propio, la autoridad y quitárselo a aquel apasionado hombre.

—Yo no diría tanto —dijo ella, tragando con nerviosismo aunque de forma inadvertida al estar aún de espaldas.

Inspiró y se obligó a sonreír. Sacudiendo su melena, se dio la vuelta y lo miró. Percibió con aire triunfal la chispa de confusión en los ojos de Anton ante la seguridad en sí misma que había mostrado, aunque su recién descubierta seguridad flaqueó casi al instante en cuanto pudo contemplar nuevamente la belleza de aquel hombre, solo que ahora parecía haberse multiplicado. Su grueso cabello negro azabache aún estaba húmedo, y el intenso aroma de su colonia se coló por las ventanas de su nariz. El cuerpo casi desnudo contra el que había presionado el suyo estaba vestido ahora aunque ni el delicado y exquisitamente confeccionado traje de color gris marengo lograba restar mérito al cuerpo que se ocultaba bajo el tejido. Si algo acentuaba era su perfección. La camisa blanca de algodón contrastaba con su piel aceitunada y la lujosa cadena de oro en su cuello conformaba la única nota de color aparte de sus ojos, de un azul oscuro, líquido, un azul profundo perfecto. Eran de un color tan intenso como el de la tinta, sin motas grises, o verdes, solo un azul aterciopelado con el que la acariciaba.

Se quedó mirando los rasgos de su estructura ósea, desde la nariz recta de estatua romana hasta los marcados pómulos y la mandíbula, ahora afeitada, con la que le había raspado la suave piel de su rostro un rato antes; ahora tan solo quedaba una tenue sombra, un sutil indicio de lo que ocultaba…

Con instinto de supervivencia, Lydia apartó la vista y miró hacia el suelo, pero tampoco allí encontró solaz frente a la intensa masculinidad de aquel hombre, desde su ancha espalda y amplio torso hasta el delgado y plano abdomen pasando por las largas y musculosas piernas ocultas bajo aquellos pantalones de corte perfecto. Ahora era ella la depredadora. Los nervios que tanto temía pudieran ahogarla desaparecieron mientras formulaba una nueva pregunta.

–¿Has disfrutado de tu baño?

Guardó silencio durante unos segundos. Dos pequeñas arrugas de expresión se formaron en su entrecejo. Era evidente que Anton Santini no estaba acostumbrado a esa actitud distante.

–Ciertamente –dijo él, asintiendo brevemente con la cabeza, su voz grave y llena de confianza. El delator frunce de su ceño había desaparecido, pero Lydia sabía que estaba confuso, sabía que había esperado una reacción muy diferente–. ¿No se supone que tienes que echarme encima un vaso de agua? –añadió.

Lydia dejó ver una sonrisa durante una fracción de segundo, al tiempo que enarcaba las cejas ante su cuestionable sentido del humor. Si llevara más dinero en el bolso, se lo entregaría de buena gana a Karen. Si su maquillaje había funcionado o no, no estaba segura, pero la confianza que le estaba dando un poco de maquillaje estaba demostrando no tener precio.

–Eso era antes de... –Lydia bajó la voz, disfrutando de la confianza en sí misma que tenía su alter ego, disfrutando de poder interpretar el papel de una mujer caprichosa acostumbrada a tratar con hombres ricos.

–¿Antes de qué?

–Antes –repitió Lydia, observando que la expresión dura de Anton se suavizaba momentáneamente y sintiendo que su propia fachada distante cedía un poco al recordar las intimidades que habían compartido un rato antes–. No podemos hablar de ello aquí.

–¿Y dónde podemos hablar de ello?

Volvía a tener el control, mientras le quitaba el plato lleno de fruta en una mano y, con la otra, la guiaba hacia su propia mesa. Le estaba infinitamente agradecida por haberle quitado el plato. Hasta una pequeña tarea como esa le parecía un mundo en ese momento. Podía sentir el calor que emanaba de su palma en contacto con su espalda mientras la guiaba por la sala como si fuera una marioneta, bailando de nuevo a su son. Le ofreció la silla para sentarse y, al momento, un camarero se acercó y le colocó una servilleta en el regazo. Lydia miraba a su alrededor y vio a Graham y a John a unos pocos metros, aparentemente sumidos en la lectura de sus periódicos. Pero ella sabía que estaban atentos a lo que ocurría entre Anton y ella en su aparentemente fortuito encuentro y la certeza le dio fuerzas para concentrarse de nuevo en su trabajo en vez de en el hombre que tenía enfrente... fuerzas para afrontar la hiriente vergüenza que sentía con mirada inquebrantable.

Lydia esperó hasta que estuvieron solos antes de contestar a la pregunta de Anton.

—Antes de que cambiara el plan —respondió—. Antes de que me diera cuenta de que habías llegado en un vuelo anterior y que había que adelantar la toma de contacto.

—¡Contacto! —exclamó él, cortando el aire como si su voz fuera un látigo, pero Lydia ni se movió.

—Un contacto convincente —explicó ella, una breve sonrisa asomó a sus labios—. Tan solo seguía el procedimiento establecido.

—¿Procedimiento? —enarcó las cejas de color azabache, el acento de su voz muy marcado, cada palabra estaba cargada de una amenaza invisible—. ¿Y forma parte de tu trabajo hacer el amor con el hombre que te han asignado? ¿Es eso lo que esperas que crea? Me dijeron que eras agente de policía, no una especie de prostituta.

Por duras que fueran sus palabras, Lydia se las tragó. La versión de Anton era más segura que la verdad. Si sospechara el efecto que tenía en ella, la vida de ambos estaría en peligro.

Tomando la fresa más gorda y madura, Lydia espolvoreó azúcar por encima y observó cómo se disolvían los cristales blancos, tratando de controlarse para no saltar ante el comentario, tomándose su tiempo para asegurarse de darle una respuesta adecuada ante semejante acusación.

–Seguía tu comportamiento habitual… –las motas doradas de sus ojos relucían–. Para parecer más convincente, estaba siguiendo tu comportamiento, el de ver a una chica que te gusta y tomarla… –en la voz de Lydia había un tono juguetón–. Yo no soy la fácil aquí, Anton… sino tú.

–No –dijo él sacudiendo la cabeza airadamente, orgullosamente–. ¿Tratas de decirme que era parte de tu trabajo, que organizaste lo que ocurrió debido a una amenaza…?

–Hablaremos de ello más tarde –interrumpió Lydia. El enfado de Anton y su inminente indiscreción eran tan patentes que hasta Graham estaba doblando el periódico, mirándola interrogativamente mientras Lydia retomaba el control de la situación–. No voy a hablar de ello aquí, Anton.

Y algo en sus ojos lo detuvo, diciéndole que hablaba en serio. Contuvo la diatriba, pero sus ojos seguían mirándola interrogativamente, apaciguándose un poco al ver aparecer a uno de los conserjes que se retorcía las manos a modo de disculpa miserable al reconocer al acompañante de Lydia.

–Señorita Holmes, le he hecho una reserva provisional en un hotel cercano. Está a solo unas calles de aquí…

–¿Por qué no puede quedarse aquí? –preguntó Anton con tono autoritario y cortante, provocando que el pobre conserje empezara a tartamudear–. ¿Me está diciendo que no hay ni una sola habitación libre en el hotel?

–La hay, señor –comenzó el conserje–, pero solo habitaciones sencillas. Todas las suites de lujo están ocupadas, señor. Se lo expliqué personalmente a la señorita Holmes cuando se registró, le dije que la suite en la que se aloja solo estaba libre para una noche y que después tendría que ocupar una habitación sencilla, lo que, naturalmente, no se adapta a sus necesidades.

—¡Entonces encuentre una habitación que sí se adapte! —dijo Anton cuya voz había adquirido un siniestro tono y, por un momento, Lydia olvidó que estaba actuando y comenzó a morderse el labio inferior con gesto nervioso escuchando las exigencias de Anton. Era evidente que estaba acostumbrado a salirse con la suya, que esperaba que todo el mundo hiciera lo que él quería y, a juzgar por la tensión en el rostro del conserje y la forma en que inclinó la cabeza, eso era lo que iba a ocurrir. Lydia se dio cuenta de que, a pesar de las convincentes protestas de Anton, habitaciones separadas era lo *último* que querían.

—Veré lo que puedo hacer... —el conserje se dirigió entonces a Lydia—: Señorita Holmes, ¿tendría alguna objeción a instalarse en una de nuestras suites menores? No son tan lujosas como la que ocupa en este momento, pero puedo pedir que...

—No —interrumpió Lydia, desbaratando la sugerencia del conserje. Era evidente que el inspector Bates no había tenido en cuenta la envidiable fuerza de Anton cuando ideó el plan y, tragándose el sentimiento de culpa, clavó su mirada de desprecio más convincente en el pobre conserje—. ¡No tengo interés alguno en ser *degradada!* ¿Le importaría pedirme un taxi?

Y levantándose, se alisó el vestido, se colgó el bolso al hombro y echó a andar hacia el vestíbulo, evitando a propósito las miradas de pánico de sus colegas y rezando por que Anton se diera cuenta de que era su turno y solucionara la situación.

—Traslade el equipaje de la señorita Holmes a mi suite —su tono grave y dominante la tranquilizó y, volviéndose, observó a Anton, que miraba inquebrantable al conserje.

–¿A *su* suite, señor? –repitió el conserje, mirándolos de hito en hito.

–Eso es lo que he dicho –respondió Anton.

–¿Quiere que meta el equipaje en el taxi? –preguntó el botones con acento italiano, aunque su voz no tenía las notas líquidas de la de Anton, y mostraba un rudo uso del inglés al acercarse ruidosamente a la mesa, provocando que algunos de los presentes levantaran la vista. Lydia se mordió el labio absolutamente mortificada cuando oyó que el conserje corregía al joven.

–No, ha habido un cambio de planes. La señorita Holmes se queda con nosotros. ¿Puedes llevar su equipaje a la suite 311? –el comportamiento del conserje hacia el botones fue impecable de no ser por un leve parpadeo que delataba sus verdaderos pensamientos.

–¿La suite 311? –los rasgos oscuros del muchacho dibujaron una mueca–. Pero esa es la del señor Santini…

–Sube el equipaje ahora mismo, por favor –lo interrumpió el conserje, claramente irritado ante el elevado tono de voz del botones, seguro de que todo el que estuviera cerca lo habría oído.

Comprendiendo de pronto, el desprecio se hizo patente en los ojos negros del muchacho en dirección a Lydia. El murmullo de fondo de los comensales cercanos se detuvo durante lo que pareció un interminable lapso de tiempo en el cual pasó de ser una ejecutiva a una acompañante, y ni todo el maquillaje proveniente de Nueva York podría ocultar el rubor que le cubría el rostro, el cuerpo entero. Hasta las manos parecían arder, los puños apretados junto a los costados, deseando que aquel incómodo momento se terminara.

–Y ahora ven aquí.

El tono burlón de su voz dirigiéndose a ella le sentó como una bofetada. Con un gesto de la mano, le hizo señas para que se acercara a la mesa y se sentara y, aunque fuera parte del plan, aunque Anton hubiera hecho lo adecuado, aunque aquel fuera su trabajo, Lydia se sintió humillada. La rabia hervía dentro de ella ante la arrogancia de aquel hombre, y tuvo que contener el deseo de darse la vuelta y echar a correr o levantar la mano y abofetear aquel rostro burlón que observaba con gesto triunfal su aparente sumisión. Lydia vio cómo sonreía cruelmente al verla obedecer y sentarse en la mesa, completamente avergonzada, consciente de lo que debían de estar pensando los presentes.

–Suban el equipaje de la señorita Holmes a la suite presidencial –la voz de Anton rompió el tenso silencio. Miraba fijamente a Lydia mientras hablaba y, aunque las llamas de la ira y la vergüenza lamían el interior de su garganta, su voz parecía acariciarla y consiguió avivar su deseo. Sintió como si su corazón dejara de latir cuando oyó hablar a Anton, acariciándola con cada una de sus peligrosas palabras, aterrorizándola con cada sílaba hábilmente controlada para seducir.

–Será mi invitada, una invitada muy especial, y espero que sea tratada como tal.

Capítulo 5

¿ES TODO, señor?
Lydia daba vueltas arriba y abajo, incomodada, mientras el botones metía la última de sus maletas. Era evidente que Anton tenía muchas preguntas que hacerle, y tras su arrogante actuación Lydia no se había mostrado muy dispuesta a charlar amigablemente de ello en el desayuno. Cuanto antes escuchara las normas aquel Anton Santini, más feliz se sentiría ella. Y en cuanto el botones desapareciera, se quedarían a solas.

—Aún no —contestó él—. ¿Podrían informar a mi equipo de que no quiero que me molesten? Me reuniré con ellos según lo convenido. Tengo reservada una de las salas de reuniones para las doce.

—Me aseguraré de hacerles llegar sus deseos —dijo el muchacho, haciendo una inclinación de cabeza, pero sin hacer ademán de marcharse. En su lugar, la miraba a ella. De nuevo, Lydia se sintió incómoda bajo su escrutinio, avergonzada por lo que parecía creer de ella—. ¿Desea que suba un mayordomo para deshacerle la maleta?

—Me gustaría que me dejaran a solas. Cuelga el cartel de «No molestar» al salir —respondió Anton enérgicamente. Al ver que el muchacho no se movía, sacó la cartera y le entregó un par de billetes, dándole las *Grazie* entre dientes.

—Gracias —dijo el chico y Lydia frunció el ceño al oírlo, puesto que los dos eran italianos—. Disfrute de su estancia.

A pesar de todas las cosas que quería decirle a Anton, cuando la puerta se cerró, Lydia fue incapaz de decir lo que estaba pensando. Hacía un par de horas que se había comprobado que todo estaba en orden, pero ahora dependía de ella que siguiera siendo un lugar seguro. Tras cerrar con cerrojo y cadena, Lydia trató de hablar de algo sin importancia.

—Preciosa habitación —dijo con tono despreocupado—. El cuarto de baño es divino —sus palabras estaban en desacuerdo con sus acciones mientras abría el bolso y sacaba el revólver que guardó en el cajón de la mesilla, abría y cerraba todas las puertas, miraba debajo de la cama, detrás de los espejos y cuadros, incluso entre los exuberantes arreglos florales. Anton frunció el ceño, perplejo ante sus actos.

—¿Es necesario todo esto? —al ver que Lydia no respondía sino que seguía inmersa en la comprobación de la habitación, la impaciencia de Anton aumentó—. Te he hecho una pregunta.

—Creo que tenemos que sentar algunas bases —respondió Lydia tajantemente—. En primer lugar, estoy aquí para protegerte, Anton, y lo creas o no sé lo que hago. Así que, por favor, no cuestiones todos mis movimientos.

—Supón que esa gente entra en mi habitación a las tres de la mañana —respondió Anton—. Odio tener que decirte cómo hacer tu trabajo pero, ¿de qué servirá tener una pistola en el cajón de la mesilla si su dueña está dormida?

—De nada —respondió ella—. No estaré dormida, Anton. Descansaré cuando estés reunido.

—¿Entonces estarás despierta por las noches?

—Eso es —dijo ella de nuevo tajantemente.

—¿Me vigilarás mientras duermo? —formuló la pregunta en la misma forma directa, sosteniéndole la mirada en todo momento, y aunque su expresión no pareció cambiar, se las arregló para variar el tempo, para encender de nuevo la chispa sexual, pero Lydia se apresuró a sofocarla.

—No estaré vigilándote, Anton. Vigilaré la puerta.

—Será una larga noche.

—Estoy acostumbrada —dijo Lydia, intentando quitarle importancia—. No me importa en absoluto.

—¿Por qué no? ¿Te pagan horas extra?

Lo que le pagaran no era asunto suyo. Pero no era la pregunta lo que la enfurecía sino la imperceptible implicación, y la rabia que había sentido en el comedor un rato antes emergió de nuevo.

—No es asunto mío —continuó él en respuesta a su propia pregunta—. ¿Y en segundo lugar? Supongo que hay algo más.

—No saldrás de la habitación sin informarme, tanto si te acompaño abajo como...

—¿Puedo ir solo al cuarto de baño?

Ignorando las múltiples facetas del comentario, Lydia intentó continuar con la información, pero Anton no escuchaba. Se había dado la vuelta y había sacado un portátil plateado de su bolsa en un gesto de lo más insolente.

—Aún no he terminado —dijo Lydia pero, en vez de volverse hacia ella, levantó la tapa y lo encendió—. Te estoy hablando, Anton.

—Pues habla —dijo él, encogiéndose de hombros, ignorando la nota de advertencia en el tono de Lydia—. No tengo que verte para escucharte.

Sus palabras no hicieron sino enfurecerla aún más, pero le dieron el impulso necesario para decir lo que pensaba.

—Por último, dejemos una cosa clara. Sé que no quieres que esté aquí, Anton, y sé que piensas que no sirvo para el trabajo, pero no vuelvas a tratarme jamás como lo has hecho antes.

—Supongo que estamos hablando del restaurante y no de la piscina —dijo Anton, abriendo varios documentos en la pantalla del ordenador, acariciando las teclas con sus largos dedos pero sin dignarse a darse la vuelta–. Porque creo recordar que parecías estar disfrutando mucho…

–Hablo del restaurante –contestó ella con brusquedad–. Insinuar que soy una especie de acompañante, tratar de avergonzarme…

Lydia no estaba segura de qué había esperado de él, tal vez arrepentimiento o un intento de disculpa, pero la rabia que antes hirviera en su interior pareció explotar finalmente cuando vio que Anton echaba la cabeza hacia atrás y tuvo la audacia de echarse a reír.

–No es divertido.

–Me dijeron que tenía que ligar contigo. Tu jefe me dijo que lo arreglara para que te quedaras en mi habitación tras un breve primer encuentro –dijo él, volviéndose hacia ella por fin, olvidándose del ordenador–. Dime, Lydia, ¿cómo demonios pensabas salir de semejante encuentro sino pareciendo una mujerzuela barata? ¿Acaso pensaste que saldrías como una ingenua monjita rescatada por un caballero?

–Por supuesto que no –respondió Lydia, pero Anton no había terminado y avanzó dos peligrosos pasos hacia ella. Había varios metros entre ambos todavía, pero el más mínimo avance de aquel hombre la hacía desear correr a esconderse, como si la enorme suite presidencial estuviera encogiéndose hasta tener el tamaño de un escobero.

–Dices que esa gente está observándome –continuó él con voz áspera y directa–. Dices que tengo que actuar con normalidad o se darán cuenta si me comporto de otra manera.

–Sí –dijo Lydia, con la boca seca y los ojos desmesuradamente abiertos según se acercaba más y más a ella. Trató de detenerlo con palabras, de poner punto final mientras quedara espacio entre ellos–. Y tal vez estés acostumbrado a las mujeres que…

–Oh, estoy acostumbrado a las mujeres –interrumpió él, deteniéndose a centímetros, una distancia sofocante para ella–. *Conozco* a las mujeres –susurró–. Conozco todos sus juegos… –su voz se fue atenuando y un pequeño músculo pareció temblar en su mejilla mientras la recorría con la vista–. Y créeme, Lydia, nunca he tenido que pagar por tener el placer de la compañía femenina y cualquiera que me estuviera observando, cualquiera que me conozca, sabe que es verdad.

–¿Entonces a qué ha venido lo de antes? –insistió Lydia–. Ordenarme que me acercara a tu mesa, que me sentara. De no haber estado de servicio, Anton, me habría…

–Te habrías sentado –la interrumpió él–. Y no es un cumplido.

–No me lo tomo como tal –respondió ella–. Estás siempre tan seguro de ti mismo –continuó ella, horrorizada por su arrogancia–. Estás tan seguro de que con chasquear los dedos puedes tener a cualquier mujer que quieras… pues te equivocas. Estoy aquí de servicio, Anton, y créeme, no estoy disfrutando.

–Lo estabas hace unas horas –señaló Anton–. No trates de convencerme de lo contrario.

–Besas muy bien –consiguió decir ella con voz calmada–. Puede que la práctica lleve a la perfección después de todo, pero para mí solo se trataba de trabajo.

–Mentirosa –dijo él con una perezosa sonrisa, jugando la baza que tenía escondida al recordar las palabras del inspector Bates–. Hablé con tu jefe. Sé que no esperabas encontrarte conmigo en la piscina, igual que yo no esperaba encontrarme contigo, Lydia. Lo de esta mañana no ha sido trabajo. Ha sido pura atracción.

–No –lentamente, pero con seguridad, sacudió la cabeza, su mata de pelo rojo reluciente a la luz del sol de la mañana–. Pensé que te habían dado instrucciones, que eras consciente de que yo era policía. Me dijeron que nuestro contacto inicial tendría que parecer auténtico. Simplemente me alegré al comprobar que Anton Santini no resultó ser un tipo de un metro sesenta con barriga cervecera. Supongo que hasta en los trabajos más sucios hay siempre algo que merece la pena.

—Entonces el beso que compartimos… —no parecía tan seguro, sus ojos oscuros se mostraban confusos por primera vez.

—Fue para las cámaras —terminó Lydia—. Al menos por mi parte. Aunque tengo que admitir que fue muy placentero —dijo ella, riéndose ligeramente.

—Casi hicimos el amor —dijo Anton—. Ca...

—No, Anton, no lo hicimos.

Todas las palabras de Lydia eran mentira, todas y cada una de ellas supusieron para ella un tremendo esfuerzo, pero era necesario. Sabía con certeza que tenía que quitar importancia al encuentro, hacer desaparecer lo que había sucedido. Y solo se le ocurrió esa manera de conseguirlo.

—Me eché atrás, ¿recuerdas? Puedo meterme en la cama contigo por la mañana en los próximos dos días para que la cosa resulte convincente cuando llegue la doncella a hacer la habitación. Puedo dejar que me tomes la mano cuando recorramos el pasillo del hotel, incluso puedo besarte delante de un montón de gente, pero ni por un momento creas que se trata de algo personal. Esta es mi forma de ganarme la vida. Soy policía secreta, y meterme en un papel es algo que hago habitualmente. Fuiste tú quien me besó, Anton. Fuiste tú quien recorrió la piscina en dirección a una completa extraña llevado solo por la atracción sexual. Yo, al contrario, estaba trabajando.

—¡Prostituyéndote!

—Tratando de salvarte la vida —respondió ella—. Aunque admito que, a veces, me pregunto por qué me molesto.

—Yo no te he pedido ayuda —señaló Anton—. De hecho, si dependiera de mí, preferiría arriesgarme a que me pase algo en vez de dejar que...

No terminó la frase, pero la palabra resonó como si lo hubiera dicho a voces.

Lydia sacudió la cabeza al ver que Anton cuestionaba una vez más su autoridad y decidió terminar la frase que había dejado a medias.

—Que te proteja una *simple* mujer.

—Yo no lo he dicho, pero, si insistes en hablar con sinceridad, sí, admito que es eso lo que siento.

Y Lydia no pudo evitar admirar a regañadientes su sinceridad porque, al menos, él se atrevía a dar voz al machismo que media comisaría compartía, pero no tenía el valor de confesar.

—No puedo comprender cómo una mujer que pesa la mitad que yo, que no me llega a la altura del hombro, puede albergar la esperanza de poder protegerme... —Anton gesticulaba mucho mientras hablaba haciéndola sentir como si no midiera más que una niña de cinco años—. Puede que seas una experta en artes marciales, ¿quién sabe? Pero ni un cinturón negro podría evitar una bala. Este no es trabajo para una mujer.

—¿Y cuál sería un trabajo apto para una mujer, Anton? —preguntó Lydia, furiosa—. ¿Andar descalza y embarazada en tu cocina?

—Estás siendo ridícula.

—No más que las suposiciones que acabas de hacer sobre mí, pero, al menos, mis suposiciones se basan en los hechos. He leído mucho sobre ti en estos días, señor Santini.

—¿Qué? ¿Has hojeado las revistas del corazón para formarte una opinión? Propio de tu nivel —dijo él con gesto de desprecio.

—Cerdo arrogante —susurró Lydia—. Tal vez creas que el único lugar adecuado para una mujer sea tumbada boca arriba con las piernas abrazadas a tu cintura, haciendo aumentar tu ya extremadamente hinchado ego, pero puede que las vidas de otros estén en juego, no solo la tuya. Hay huéspedes inocentes en el hotel, niños, y ni por un segundo pienses que ni yo ni ninguno de mis compañeros dejaremos que les ocurra algo. Así que será mejor que empieces a interpretar tu papel, Anton. Durante los próximos dos días, te guste o no, te tocará estar aquí encerrado conmigo y, sea cual sea el problema que este hecho pueda causarte, te sugiero que lo entierres por el momento.

Dándose la vuelta, se metió en el cuarto de baño y cerró la puerta tras de sí. Se apoyó entonces con manos temblorosas en el mármol negro y miró el reflejo de una cara que apenas reconocía en el espejo, tragándose la bilis que le causaban las duras palabras que acababan de intercambiar. Habían logrado atentar contra la pura belleza que los envolviera esa misma mañana, borrando el sincero placer de tan íntimo momento hasta que solo habían dejado una sucia mancha de vergüenza.

Abrió el grifo del agua fría y trató de calmarse mojándose las muñecas antes de regresar a la suntuosa habitación. Esperaba un segundo asalto. Esperaba que la furia de Anton se hubiera exacerbado en su ausencia y empezara a hacerle preguntas en cuanto saliera. Pero, cuando salió, sin hacer ruido sobre la densa moqueta de lana, por un segundo se sintió como una intrusa.

De espaldas a ella, Anton miraba por los inmensos ventanales, pero le pareció percibir una soledad en él que no había visto antes, un cansancio que estaba segura de no haber visto antes, y le incomodó ver un indicio de fragilidad en aquel hombre poderosamente orgulloso, una pequeña grieta en su armadura que, con toda seguridad, Anton no había tenido intención de revelar.

–¿Anton? –la crispación había desaparecido de su voz, pero esperó a que Anton se colocara de nuevo la máscara, a que emergiera su altiva indiferencia mientras ella atravesaba la estancia. Sin embargo, este siguió mirando por la ventana, y su voz llegó con suavidad finalmente.

–Te pido disculpas.

Ni por un momento había esperado una disculpa. Como mucho una actitud distante. Pero, por alguna razón, Lydia sintió que lo decía de corazón, supo que un hombre como Anton no se disculparía a menos que lo sintiera de veras.

–He sido demasiado brusco.

–¿De veras? –dijo Lydia sonriendo levemente, sorprendida por el súbito cambio–. Yo también –admitió.

–Lo de esta mañana ha sido...

Lydia vio cómo se afanaba por encontrar las palabras adecuadas, los puños apretados en señal de frustración y Lydia terminó la frase por él.

–¿Una sorpresa?

Anton asintió lentamente.

–La mayoría de las veces este tipo de señales de alerta no son graves –explicó Lydia a continuación, más suavemente–. Determinados acontecimientos disparan las alarmas y tenemos que ponernos a buscar en todas las calles. No significa necesariamente que...

–No es eso lo que me molesta –dijo Anton, sacudiendo la cabeza.

–¿Qué es entonces?

Se dio la vuelta lentamente, el dolor que había en sus ojos la golpeó con tal intensidad que retrocedió un paso. Pero Anton se recobró al instante, de nuevo apareció su postura habitual, una sonrisa sarcástica se abrió paso entre sus labios para responder con su acostumbrada mordacidad. Se colocó la máscara con facilidad, tal como ella había sabido que haría.

–Anton –dijo ella con recelo–, ¿tienes idea de quién podría querer hacerte daño?

–No.

–¿Tienes algún enemigo? –presionó Lydia, frunciendo el ceño al ver que él le quitaba importancia al hecho encogiéndose de hombros.

—Demasiados para contarlos...

—Anton, si tienes alguna idea de quién podría estar detrás de esto, es imperativo que me lo digas. Si crees que...

—Mis pensamientos son solo míos, Lydia —contestó Anton.

La máscara no dejaba traslucir la imagen pensativa que había contemplado un momento antes.

—Y ni siquiera tú puedes acceder a ellos. Y ahora, si quieres avisar a tus compañeros, me gustaría bajar a la sala de reuniones y continuar con la agenda prevista.

Capítulo 6

FUE UN alivio dejarle en su reunión, un alivio volver a la habitación, cerrar la puerta y dejar caer su propia máscara durante unas horas. Poder desnudarse y correr las cortinas y deslizarse dentro de la enorme cama en la que Anton dormiría esa misma noche, y abandonarse a unas cuantas horas de inquieto sueño pensando en él.

La vibración del busca que había dejado sobre la mesilla la informaba de que la reunión estaba a punto de concluir y le decían que se vistiera y bajara al bar. Echando un vistazo al armario, Lydia miró las posibilidades. El fiel vestido negro que siempre daba buen resultado parecía desprovisto de vida. Su guardarropa no se ceñía al sofisticado mundo en que habitaba Anton. No estaba segura de si podría salir del embrollo vistiendo el mismo vestido de la mañana, la única pieza con estilo de su armario, que le había prestado su increíblemente glamurosa hermana pequeña.

Pues tendría que valer.

Comprobando que el bolso estaba en su sitio, el peso del arma contra el muslo, Lydia reparó en la enorme y opulenta cama de la suite presidencial. Trató de no imaginarse su pelo azabache sobre la almohada… trató de no visualizar aquel altivo y precavido rostro suavizado por el sueño… trató de no imaginarse tumbada a su lado… trató y fracasó en los tres casos.

Por peligrosa e impredecible que se presentara la noche, el verdadero peligro para ella no era lo que la esperaba en el bar o de vuelta a la suite. El verdadero peligro estaba en aquella habitación. Tenía que mantener la guardia en alto, vigilar en todo momento, no solo para salvaguardar la vida de Anton, sino también su propio corazón.

Sin duda, no podía acercarse al bar y pedir.

Como *invitada especial* de Anton Santini, Lydia tenía que actuar tal como se esperaba de ella. Se sentó en uno de los sillones bajos de terciopelo y, pidió sin apenas mirar al solícito camarero que se acercó a tomarle nota.

–Daiquiri de fresa –contestó Lydia, mirando brevemente a su alrededor para asegurarse de que Kevin la había visto entrar. Era importante que nadie sospechara ni por un segundo de que no hacía sino seguir el procedimiento marcado y, si alguien la estuviera mirando, pedir una botella de agua habría levantado sospechas. Situado en el bar, Kevin se estaba haciendo pasar por un camarero. Era necesaria su presencia para supervisar el dispositivo y también para asegurarse de que las bebidas de todos los detectives que se encontraban allí no contuvieran alcohol.

Conforme empezaron a entrar las personalidades al terminar sus reuniones, Lydia no tuvo que girar la cabeza cuando Anton llegó. El volumen del murmullo de fondo y las risas bajó, la conversación se detuvo momentáneamente a su llegada. El personal del hotel se mostró solícito y Lydia notó que hasta las más bellas mujeres se retocaban. Se llevaban las manos al rostro, se ahuecaban el pelo, metían hacia dentro los tonificados estómagos, se humedecían los labios con la lengua, y todas entornaron los ojos un poco al ver cuál era el centro de las miradas de aquel hermoso hombre. Un hombre que llenaba la estancia con solo pisarla, meditabundo pero carismático, dueño de una huidiza cualidad que hacía que todos le prestaran atención.

Atravesó el salón con paso decidido hacia ella, mirándola fijamente; demasiado fácil para ella ceder al placer de tan peligroso momento, fingir que todo era verdad, que aquella elegante e íntima sonrisa que suavizaba sus labios se debía verdaderamente a ella.

−¿Qué tal tu reunión? −preguntó Lydia cuando Anton se sentó a su lado en el sofá. La obligada cercanía era más embriagadora que cualquier licor, su muslo presionando contra el suyo, su voz grave y baja. Debido al ruido de fondo, Lydia tuvo que inclinarse hacia él para poder oír.

−No me saludarías así si fueras mi amante −deslizó la mano baja la sedosa mata de pelo rojo, le masajeó la nuca lentamente. Lydia notó pequeños pulsos de energía que palpitaban por todo su cuerpo cuando Anton inclinó la boca sobre la de ella−. *Así* es como me saludarías.

Tenía el sabor del peligro.

Y, por muy sexistas y machistas que hubieran sido sus palabras, causaron en ella una oleada de excitación que le encogió el estómago. La idea de ser *su* amante, de saludar a aquel hombre increíble con besos apasionados, la dejó literalmente temblando por dentro. Su lengua se deslizó en su boca y su absoluta desinhibición, lo inapropiado de sus actos, provocaron en ella un vuelco de excitación en sus partes bajas.

−¡Así está mejor! −dijo él, separándose y tomando la bebida que le habían dejado delante, absolutamente calmado, aparentemente tranquilo.

Lydia miró a Maria y trató en vano de ignorar la expresión de sorpresa y regocijo de su amiga.

−Y ahora, ¿qué te parece si vamos al restaurante?

−Preferiría comer en la habitación −sugirió Lydia, la detective, ansiosa por huir de la multitud y resguardarse en la relativa seguridad de la suite. Pero al ver que Anton negaba con la cabeza y se dirigía al restaurante, no le quedó más remedio que seguirle, ante la mirada de desaprobación de Kevin.

Como era de esperar, la entrada de Anton en el restaurante fue triunfal; todo el mundo se volvió para mirar al caballero de tez oscura y gesto meditabundo que era conducido a una mesa en un discreto rincón de la sala.

Fue algo incómodo el momento en que Lydia ignoró la silla que se le ofrecía y eligió la que le ofrecían a él, por estar en mejor situación para observar la sala en caso de alguna irregularidad.

—Lo siento, lo olvidé —dijo Anton mientras Lydia se sentaba y, por un segundo, pudo ver una de sus sonrisas más encantadoras.

No era la primera vez que Lydia se preguntaba cómo demonios iba a hacer el trabajo que se le había asignado porque Anton no era él único que olvidaba por qué estaba allí con él. Tenía una mirada cautivadora, su compañía era abrumadora, necesitaba toda su fuerza para mantener la concentración, para escapar de vez en cuando y observar la sala en vez de mirarlo a él. Los camareros estaban siempre pendientes, para servir agua, o para extender una servilleta sobre las temblorosas rodillas de Lydia mientras Anton repasaba rápidamente la carta de vinos.

—¿Tinto?

—Solo agua, gracias.

—¿Agua?

Anton parecía horrorizado, pero Lydia insistió al tiempo que tomaba la enorme carta, tratando de encontrar algo, lo cual se convertía en una pesada tarea después del beso que le había dado Anton. Logró pedir un risotto mientras Anton pedía un enorme filete de ternera poco hecho, hablando de cosas sin importancia hasta que los camareros desaparecieron.

—No vuelvas a hacerlo, Anton. Si digo que vamos a la habitación, eso es lo que haremos.

–¿Te gusta tu trabajo? –preguntó Anton, ignorando por completo su enfado.

–Me encanta la joyería –respondió Lydia con rigidez, sin perder de vista lo que ocurría en la sala, pero se relajó un poco al ver que John y Graham eran conducidos a una mesa cercana.

–Prueba un poco de vino –insistió Anton–. Es verdaderamente bueno.

–No puedo beber alcohol –respondió ella, implorándole con la mirada que la comprendiera. Anton frunció el ceño pero, afortunadamente, cambió de tema.

–Y, tu novio… ¿qué piensa de tu trabajo?

¡No tan afortunadamente!

Con una rígida sonrisa, Lydia se sintió reticente a contestar, pero lo hizo consciente de que levantarían sospechas si se quedaban allí sentados, en silencio. No estaba muy segura de cuánto podía revelar.

–Mi exnovio lo odiaba a pesar de dedicarse a la joyería también. Últimamente he cosechado más éxitos que él y creo que está celoso.

–¿Preocupado tal vez? –bromeó él y Lydia apretó los dientes–. A mí no me gustaría que mi mujer se dedicara a ese trabajo.

–¿Tu mujer? –Lydia se rio sin perder la rigidez–. Sea lo que sea que intentas decir, Anton, creo que no te comprendo.

–Me comprendes perfectamente –contestó Anton, ni remotamente desconcertado–. No es un trabajo muy femenino, aunque tengo que decir que estás fantástica esta noche. Ese vestido, sin embargo, me resulta familiar. Tal vez mañana te lleve de compras.

De haber sido una cita de verdad, le habría dado una bofetada.

–¡Tal vez no! –espetó Lydia.

–Eres… –se detuvo un segundo para encontrar las palabras–. Eres una de esas feministas, ¿verdad?

Lydia lo miró con la boca abierta ante la broma.

—Lo que yo sea y crea no tiene nada que ver contigo...

—¡Pero estamos en una cita! —dijo Anton, exhibiendo una sonrisa endiablada—. ¿No se supone que tenemos que conocernos mejor, Lydia?

Tenía razón y, dado que sus colegas estaban cerca y que el ruido de fondo del restaurante significaba que no había posibilidad de que los escucharan, para cuando llegó la comida, Lydia se había tranquilizado un poco y había bajado la guardia mínimamente, pero solo con la intención de averiguar algo más sobre *él*.

—¿Y a ti te gusta tu trabajo? —preguntó Lydia, disponiéndose a empezar con su risotto aunque su, habitualmente, gran apetito se había reducido al de un gorrión bajo el escrutinio de Anton.

—La mayor parte del tiempo —dijo él—. No me deja mucho tiempo para mí, aunque... —frunció el ceño al ver que Lydia enarcaba una ceja—. No me deja tiempo.

—Por lo que he podido comprobar, has encontrado tiempo para mantener una extraordinaria vida social, Anton.

—En realidad no es tan maravilloso como aparece en las revistas —ni remotamente avergonzado ante la implicación de sus palabras, Anton se encogió de hombros—. Muchas de esas llamadas relaciones no pasaron de simples citas para cenar —Lydia tenía ambas cejas arqueadas y Anton dejó escapar una irónica risa—. De acuerdo, no me gusta dormir solo. ¡No sabía que fuera un delito!

—No he dicho que lo sea —replicó Lydia, pero, a pesar de su peinado y su maquillaje, a pesar del parpadeo de las velas y de la presencia de un hombre tan increíble, su mente seguía alerta.

La detective que había en ella no dejaba de colocar cada pieza con sumo cuidado en aquel difícil rompecabezas y, dirigiéndose a él con una pregunta muy directa, observó cuidadosamente su reacción.

–¿Qué ocurrió hace doce meses, Anton?

Al ver que su rostro se quedaba inmóvil, Lydia supo que había dado en el blanco.

–Nada.

Para la mayoría de la gente, habría parecido una recuperación instantánea, pero Lydia se dio cuenta de que ya no la miraba a los ojos. Anton había bajado la vista a la copa y dio un pequeño sorbo. Lydia sabía que estaba intentando ganar tiempo.

–¿Por qué lo preguntas? –añadió.

–Es solo curiosidad –dijo Lydia, restándole importancia, pero su mente no pensaba lo mismo–. Me pareció leer que tu *vida social* fue especialmente activa por entonces –momentáneamente retiró la vista de él. Tras asegurarse de que no había ningún camarero cerca, segura de que su corazonada era cierta, volvió hacia él–. Y también se multiplicaron esas llamadas de teléfono.

–No hay relación entre ambas cosas –se apresuró a decir Anton. Su rápida respuesta le decía que él también había considerado la posibilidad.

–¿Cómo puedes estar tan seguro?

–Simplemente lo estoy –respondió él, terminando la conversación abruptamente, claramente irritado por su intrusión.

El ambiente ligeramente más amigable que habían creado se esfumó y ambos guardaron silencio. Poco después, la cena se terminó. Sin apenas tocar el filete, Anton dejó el tenedor y el cuchillo en el plato y tiró la servilleta sobre la mesa.

–¿Me acompañas? –dijo él con una hermética sonrisa–. ¿Quieres salir a los jardines a tomar un café o un brandy? –le preguntó cuando atravesaban ya el vestíbulo.

Y aunque puede que solo se lo hubiera preguntado por cortesía, aunque Lydia creyera sin dudar que debía hacer el mismo ofrecimiento a todas las mujeres después de una cena, sabía con certeza que tan solo trataba de retrasar las cosas. Pensó que, tal vez, solo tal vez, Anton temiera el momento de subir a la suite tanto como ella, como si le asustara el hecho del confinamiento, aunque se tratara de la suite presidencial. Una noche en mutua compañía, negando la atracción que emanaba de ellos, se presentaba como una ardua tarea.

—No —Lydia negó con la cabeza. Los jardines era el último lugar en el que quería estar con un posible asesino suelto—. Creo que tenemos que subir ya.

—Y yo creo que me apetece un brandy —respondió Anton con brusquedad, chasqueando los dedos a la joven de la recepción.

Lydia sabía que, si no se hacía con el control en ese momento, podía dejar el trabajo en ese momento.

—Cariño —sonriendo dulcemente le tomó la mano mientras él daba órdenes a la joven y casi se atragantó con la risa al ver que Anton se detenía—. Estoy realmente cansada. Olvidemos el brandy y vayamos a la cama.

A favor de Anton tenía que decir que no se opuso, su expresión tan suave como la mano que Lydia había entrelazado con la suya y, con una sutil pero tremendamente dolorosa maniobra que había aprendido años atrás, tiró de su dedo pulgar hacia atrás, una técnica que podría hacer arrodillarse de dolor a la mayoría de la gente en cuestión de segundos. A continuación, y con brío, llevó a su reticente pareja hacia los ascensores. De cara a los demás, parecerían una pareja normal que se retiraba a pasar la noche. Nadie adivinaría la agonía que estaba sufriendo Anton.

—¿Qué demonios ha sido eso? —preguntó Anton, lanzándole una mirada de ira cuando las puertas del ascensor se cerraron y Lydia lo soltó. Esta contuvo la sonrisa cuando lo vio suspirar de alivio y murmurar para sí. No necesitaba traducción para adivinar que estaba lanzando juramentos en italiano contra ella mientras se ponía la mano entre los muslos para calmar el dolor–. Me acabas de romper el pulgar –añadió.

–Y tú has estado a punto de desbaratar nuestra tapadera –contestó ella con brusquedad–. Cuando digo que nos vamos, nos vamos. ¿Lo has entendido?

Anton no respondió y ni siquiera le cedió el paso para salir del ascensor.

–Esos modales –dijo Lydia, sonriendo a su espalda.

–¿Por parte de los dos? –ladró Anton, sacando la tarjeta para abrir la puerta–. Pues elige, Lydia. Si quieres comportarte como un hombre en un bar, así es como te trataré. Pero no te pongas dura conmigo ahora y vengas pidiéndome después que te abra las puertas o te ceda el paso.

Entraron en la habitación en medio de un furioso silencio y Anton se quedó de pie, de espaldas a la pared, los ojos entornados mientras Lydia comprobaba de nuevo la suite.

–¿Has pedido servicio de habitaciones para mañana por la mañana? –Lydia rompió el silencio con una pregunta directa que Anton no tenía intención de responder–. Necesito saberlo, Anton, porque si alguien entra con el desayuno tengo que recoger mis cosas y quitar el cerrojo… –se detuvo un segundo–. Tendrá que parecer que estamos durmiendo juntos. Pero no te preocupes, estaré vestida.

–Me traen café y los periódicos a las cinco y media –respondió él–. Puedo pedir que no lo hagan, si lo prefieres.

–No es necesario –susurró ella–. No cambies tus costumbres por mí.

–Puede que debiera pedir que me suban unas bolsas de hielo y polvos para escayolar. Puede que debiéramos preparar unos cuantos moldes por si vuelvo a pasarme de la raya.

–No seas ridículo, Anton. Solo hacía mi trabajo.

–Lo sé… –la sombra de una sonrisa levantó las comisuras de sus labios enfadados–. Duele mucho, ¿sabes?

–Se supone que tiene que doler –respondió Lydia, pero ella también estaba sonriendo al tiempo que disminuía su enfado–. ¿Estás bien?

–Sobreviviré –dijo él, encogiéndose de hombros–. No estoy seguro de si es mi pulgar o mi ego el que está dolorido.

–Probablemente los dos –sonrió ella–. Iré a ponerme más cómoda y, con suerte, no te molestaré. Finge que no estoy aquí. Compórtate como sueles hacerlo.

–¿Y si quiero ducharme? –su tono parecía casi a la defensiva–. Supón que quiero pedir que me suban helado y ver la película de la noche...

–Pues hazlo –respondió ella, mostrándose más despreocupada de lo que en realidad se sentía–. Anton, he dormido toda la tarde, no estoy ni remotamente cansada. Si quieres tener la luz encendida toda la noche, por mí, bien. Si quieres llamar al servicio de habitaciones, hazlo. Haz lo que suelas hacer y olvida que estoy aquí.

–¿Olvidarlo? –Lydia escuchó la risa burlona de Anton mientras este se quitaba la chaqueta y se sentaba en la gigantesca cama, se quitaba los zapatos y se aflojaba la corbata, que se sacó por la cabeza y tiró al suelo, seguro de que alguien recogería todo el desorden por la mañana.

Él era su problema, pero solo por un corto periodo de tiempo. Aquel hombre tremendamente guapo y caprichoso estaría en su vida poco tiempo y no debía olvidarlo ni por un momento.

–Olvida que estoy aquí, Anton –insistió Lydia y, arrastrando un sillón hasta el borde de la cama, encendió la luz de la mesilla y eligió algunas revistas de la mesa de centro–. Haz lo que sueles hacer. Solo estoy aquí para protegerte. No tienes que hacer de anfitrión conmigo.

–Está bien –replicó él, quitándose los pantalones del traje de varios miles de dólares que llevaba puesto y tirándolos al suelo.

Lydia se obligó a concentrarse en la revista, en cómo dejarse unas cejas perfectas, mientras Anton paseaba por la habitación como un animal enjaulado. Llevaba puesto solo unos boxers y la camisa blanca y mostraba la capacidad de concentración de un niño de dos años: encendió la televisión, descolgó el teléfono y al momento pareció cambiar de opinión y colgó, incluso se puso a buscar entre los objetos de su bolsa de aseo de la que sacó una cuchilla de afeitar.

–¿Te importa?

Levantando la vista, Lydia miró la cuchilla.

–Por supuesto que no.

Anton se dirigió al cuarto de baño y comenzó a afeitarse. Lydia levantó la vista para mirar… y de inmediato deseó no haberlo hecho. Se había quitado la camisa y en su lugar llevaba una camiseta blanca que ponía de manifiesto su amplio torso. Las piernas de piel aceitunada quedaban acentuadas bajo los boxers de seda azul marino, y, de alguna forma, Anton Santini se las arregló para que un sencillo acto como el de afeitarse resultara muy sexy: el pelo oscuro le caía sobre la frente, tenía el semblante arrugado en señal de concentración, su lengua rosada asomaba entre sus voluptuosos labios.

Pero ni siquiera el afeitado lograría calmar su inquietud. Tras secarse el rostro con la mullida toalla, se acercó a la ventana y, retirando la cortina, miró el contorno de la ciudad en medio de la noche. Miró la luna que flotaba sobre las torres Rialto, tamborileando los dedos en el alféizar, mientras Lydia se arriesgaba a levantar la vista, a mirar su altivo perfil, notando la tensión sobre sus hombros, la severidad de su mandíbula… Decidió reiterarle lo que le había dicho antes.

–Sé que tenerme aquí te resulta muy incómodo pero, de verdad, no tienes que…

–No estoy incómodo –la interrumpió Anton.

–Hace un momento paseabas por la habitación –señaló Lydia–. Aún no te has sentado.

–¿Y? –dijo él, encogiéndose de hombros sin dejar de mirar por la ventana, ni de tamborilear, haciendo visible la tensión en cada uno de sus rasgos–. Yo soy así –volvió a encogerse de hombros–. No duermo mucho. ¿Te resulta un problema?

–Por supuesto que no –replicó Lydia, volviendo la atención a su revista, pero Anton prolongó la conversación.

–Quiero un café.

–¿Disculpa? –Lydia parpadeó sin comprender.

–Quiero una taza de café.

–No esperarás que te lo prepare, ¿verdad?

–Claro que no –contestó él, claramente irritado por la respuesta–. Pero, si llamo al servicio de habitaciones, tendrás que guardar la pistola, mover el sillón, aparentar...

–No es problema –le aseguró Lydia–. Anton, puedes llamar al servicio de habitaciones cada hora, en punto, si quieres. Créeme, cambiar de sitio un sillón unas cuantas veces no me desconcierta. De hecho, comparado con lo que suelo tener que hacer...

–Me lo prepararé yo mismo –la interrumpió Anton y Lydia regresó a su revista suponiendo, como lo habría hecho cualquiera, que hacer un café no era tan difícil.

A juzgar por el ruido proveniente de la pequeña zona de cocina, nadie habría podido culparla por pensar que Anton estaba preparando una comida de cinco platos. ¿Tan difícil era encender el hervidor de agua y abrir un paquete de café?

–¡Primero hay que sacar el filtro, Anton!

–¿Qué diferencia hay? –preguntó Anton, enfadado.

–Ninguna –dijo ella, encogiéndose de hombros–, a menos que quieras estar masticando posos de café toda la noche.

No quería haberse entrometido, pero su agitación empezaba a ser molesta ya. Además, si estaba tan consentido que nunca había preparado una cafetera con filtro, ya era hora de aprender.

–Sé lo que estás pensando –dijo él llevando la cafetera y una taza hasta la mesilla. Se tumbó a continuación en medio de la cama y se apoyó en un codo. Aunque Lydia no estuviera mirando, podía sentir su mirada en ella–. Estás pensando que ni siquiera sé preparar un café –había un sesgo de humor tras sus palabras de fuerte acento, pero Lydia se limitó a responder vagamente.

–No es cierto –se encogió de hombros.

–Sí lo es.

–Lo creas o no, Anton –seguía sin mirarlo–, no estaba pensando en ti. De hecho, trataba de leer.

–Pensé que se suponía que estabas de guardia.

–Y lo estoy –murmuró algo entre dientes como él antes–. Puedo leer y escuchar al mismo tiempo.

–Pues en caso de que te lo estuvieras preguntando –continuó él en dirección a ella–, sé preparar un café *excelente*. Lo que ocurre es que suelo prepararlo sobre el fuego… –se detuvo al ver una leve sonrisa en los labios de Lydia–. ¿Qué te resulta tan divertido?

–Supongo que también cortas tu propia leña.

–¿Disculpa?

–Para el fuego.

–Estás siendo sarcástica, ¿no?

–Sí, era un sarcasmo –Lydia se rindió y, bajando la revista, lo miró–. Son casi las dos de la mañana, Anton.

–¿Y?

–Anoche cruzaste medio mundo para venir, esta mañana a las seis estabas en la piscina –al menos tuvo la decencia de sonrojarse y Lydia lo vio–. Y la doncella vendrá a las cinco y media. No duermes mucho, ¿no?

–Apenas –dijo él con una mueca.

–¿Y no te afecta? Quiero decir, yo estaría hecha un

manojo de nervios si tuviera que dirigir una reunión importante mañana y apenas hubiera dormido.

–Estoy acostumbrado –dijo Anton estirándose y bostezando al mismo tiempo.

–Tal vez, si redujeras la cafeína, te ayudaría... –Lydia se detuvo un momento para disfrutar de la deliciosa vista de su estómago plano y tonificado.

–Tal vez –dijo Anton–, pero tener a una detective armada a mi lado y saber que alguien quiere matarme no es la mejor manera de atraer el sueño.

–Touché –dijo Lydia con una sonrisa.

–De hecho... –bostezó nuevamente. Entornó los ojos, intentando enfocar y Lydia se dio cuenta de lo cansado que debía de estar–. Si estuviera en casa, llevaría horas dormido. No eres tú, ni las pistolas o las amenazas lo que me molesta, sino el hotel.

–Pero si es maravilloso –lo riñó Lydia–. Y estás tratando de comprarlo.

–No dudes que lo haré –gruñó él–. Y seré el primero en poner mi firma en los carteles anunciadores para atraer a los ejecutivos a un lugar en el que pueden sentirse como en casa. ¿Pero cómo puede ser un hogar cuando el bote de champú de la bañera siempre está lleno...?

Lydia sonrió ante el razonamiento de su adormilado cerebro.

–¿Cómo puede ser un hogar para nadie si cuando entras es como si hubieran borrado tu existencia: la ropa colgada, los periódicos que estabas leyendo perfectamente doblados...? Estoy harto de los hoteles.

–Supongo que después de un tiempo la novedad se pasa –convino ella, las piernas estiradas. Tan relajada era la conversación que apenas notó cuándo se le abrió ligeramente el albornoz. Estaba concentrada de lleno en aquel intrigante hombre.

–¿Puedes responderme a algo con total sinceridad? –preguntó Anton, abriendo el cobertor y metiéndose dentro, los ojos casi cerrados.

Lydia bajó la guardia un poco más, no respecto a los ruidos de fuera, sino respecto al hombre que tenía a su lado, que ya no suponía ningún peligro. Descentrado por el *jet lag*, exhausto después de tanto tiempo luchando, lo único que pedía la mente de Anton era dormir.

–Depende de lo que quieras saber –contestó ella suavemente, pero la sonrisa se borró de sus labios, y un nudo se le formó en la garganta al oír la pregunta.

–Cuando nos besamos esta mañana, cuando te tenía en mis brazos, ¿fue parte de tu rutina?

Pareció transcurrir una eternidad antes de que contestara mientras se debatía entre la verdad o la mentira, pero, viéndolo con los ojos medio cerrados y aquella deliciosa y despiadada boca relajada, le resultaba más fácil responder a su pregunta con sinceridad.

–No –notaba la garganta seca como papel de lija, y su sinceridad la sorprendió–. No lo fue.

–Me alegro –respondió Anton suavemente, con una perezosa sonrisa en el rostro.

–¿Puedes responderme a algo, Anton?

–¿Hmm? –estaba casi dormido.

–¿Y para *ti*? ¿Fue una experiencia normal? –observó el ceño fruncido sobre sus ojos–. Quiero decir, sé que has tenido montones de… –se detuvo. En realidad ella no quería ahondar en el tema. No quería pensar en las mujeres con las que tenía efímeras relaciones, no quería formar parte de su formidable lista de conquistas. Pero Anton respondió de todos modos, con voz adormilada.

–Me gusta tener compañía –bostezó–. Y odio dormir solo, odio tener tiempo para pensar en…

–¿En qué? –presionó Lydia, intrigada.

–No importa –dijo Anton, encogiéndose de hombros.

–¿Has estado enamorado alguna vez? –preguntó Lydia. Sí, era algo muy personal, pero también lo era lo que habían compartido esa misma mañana–. Quiero decir que si alguna de esas relaciones significó algo para ti.

–Una –sus ojos azul marino se abrieron de par en par y Lydia se quedó mirándolo, conteniendo el aliento en la garganta mientras esperaba la respuesta.

–O eso pensé yo, supongo. Incluso yo me equivoco a veces. Deberías haber sido psicóloga, Lydia, en vez de detective. Antes, abajo, tenías razón: ocurrió algo hace doce meses, pero no tiene nada que ver con esto, con las llamadas telefónicas que he estado recibiendo...

–¿Cómo puedes estar tan seguro?

–Simplemente lo estoy.

–¿Quién era? –preguntó Lydia, nerviosa ante la idea de presionar demasiado, pero consciente de que necesitaba saber más. Y no se debía solo a su trabajo, necesitaba oír el nombre de la mujer que tanto había afectado a aquel hombre. Una oleada de celos la invadió al percatarse de su actitud abstraída.

–Se llamaba Cara...

–¿Se llamaba? –susurró Lydia, percatándose del tiempo pasado. Se riñó por la envidia que le causaba la expresión de dolor en él–. ¿Está muerta?

–No –dijo él, sacudiendo la cabeza y Lydia supuso que aquello era el fin de la conversación, que le había revelado más de lo que pretendía–. Sin embargo, a veces desearía que lo estuviera.

No fue la crueldad de sus palabras lo que la dejó sorprendida, sino lo que implicaban.

Y le habría gustado oír más, habría querido que continuase pero, agotado, se quedó dormido a mitad de la frase. Sus astutos ojos azules se cerraron finalmente a un mundo que habría agotado a cualquier otro mortal horas antes.

Lydia trató de centrarse en la información que había podido deducir, de concentrarse en su trabajo en vez de en el hombre, pero una y otra vez, su mirada vagaba

hasta la cama en la que dormía, y observaba el escul-
pido y arrogante rostro, suavizado ahora que dormía.
Y, finalmente, cuando el silencio que precedía al ama-
necer se apoderó de la habitación, se levantó del sillón,
lista para enfrentarse al momento que había estado esperando y temiendo al mismo tiempo.

Colocó en su sitio la mesa de centro y el sillón,
guardó la pistola bajo la almohada y quitó el cerrojo.
Vestida tan solo con unos pantalones cortos y un top,
se deslizó en el interior de la cama junto a Anton. Un
escalofrío le recorrió el cuerpo al contacto con las sábanas y, a la espera de la llegada de la doncella, se preparó para la intrusión, para el peligro...

Capítulo 7

DORMIDO, Anton estiró los brazos hacia ella. Las fuertes extremidades arrastraron su rígido cuerpo hacia él, donde las sábanas estaban cálidas por su contacto. Por un momento, luchó por no dejarse llevar, pero su tembloroso y exhausto cuerpo acabó por ceder. Se relajó un poco al notar las rodillas de Anton presionando contra sus corvas, el roce de su muslo contra su piel, el cuerpo de Anton presionando levemente contra sus costillas al acercarse más, hasta quedar pecho contra espalda.

Lydia se recordó que podría haber sido cualquier mujer la que estuviera a su lado y él reaccionaría de la misma manera. Los hombres como Anton no estaban acostumbrados a dormir solos. Era una respuesta automática en un hombre como él.

Un suave toque en la puerta disparó los latidos del corazón de Lydia. Para un espectador cualquiera, habría parecido que dormía, pero su pelo revuelto sobre la cara ocultaba unos ojos abiertos de par en par, alerta a cualquier detalle de lo que ocurriera en la habitación en penumbra. Tenía una mano debajo de la almohada, ciñendo entre los dedos su arma, su cuerpo dispuesto a la acción cuando la puerta se abrió solo un poco. Oídos alerta, ni por un momento se dejaría engañar por el sonido provocado al colocar las tazas o al servir el café en ellas. Se aseguró de escuchar las pisadas de una sola persona, que nadie aprovecharía la oportunidad para infiltrarse en la habitación.

Anton seguía dormido, aparentemente ajeno al peligro. Abajo había agentes armados y detectives de incógnito, pero era ahí, detrás de las puertas de la habitación, donde había más posibilidades de ser atacado y Lydia era muy consciente de ello, del hecho de que el peligro aumentaba en esos momentos en los que algún miembro del personal entraba en la suite.

Revolviéndose ligeramente, como si se estuviera despertando de un profundo sueño, Lydia cambió de posición, sin soltar el revólver. Observó cómo la doncella abría las cortinas y se dirigía a continuación a la mesa sobre la cual colocó los periódicos de la mañana y el azucarero antes de dirigirse, discretamente, hacia la puerta.

—Tiene el café servido, señor Santini.

Profundamente dormido, inconsciente del posible peligro, Anton no se movió siquiera y Lydia centró su atención en la puerta hasta que se cerró detrás de la doncella. Mirando en derredor, se aseguró de que todo estaba en orden. Solo entonces, apartó la mano de su arma y se relajó.

—¿Entonces estamos vivos?

Sobresaltada al oír su voz, Lydia se volvió hacia Anton, su pelo caoba extendido sobre la almohada y el ceño fruncido mientras Anton, completamente despierto, enarcaba una ceja ante la respuesta de ella.

—Pensé que estabas dormido.

—Y yo pensé que esa era la idea —dijo Anton, encogiéndose de hombros—. Pero, si voy a conocer a mi asesino, al menos me gustaría ser consciente de ello.

Zafándose de su abrazo, Lydia saltó de la cama, y echó azúcar en su café. Evitó a propósito mirarlo cuando él se levantó y se estiró dando un bostezo, tras lo cual se puso el bañador.

—¿Qué estás haciendo? —preguntó Lydia parpadeando sorprendida.

—Voy a nadar como hago siempre —dijo él, encogiéndose de hombros—. Supongo que me acompañarás.

–¡Pues supones mal! –respondió Lydia, poniéndose las zapatillas y el enorme albornoz en cuyo bolsillo guardó el revólver–. Esta vez solo miraré, supuestamente con embelesada admiración.

–¿Supuestamente? –Anton le dirigió una sonrisa cómplice y, sin decir más, salió por la puerta.

Durante la media hora que pasó en la ducha tras subir de la piscina, Lydia tuvo tiempo suficiente para vestirse, con la esperanza de que unos pantalones negros y una blusa transparente fueran atuendo adecuado para bajar a desayunar con Anton.

Ella se había demorado maquillándose y hasta le había dado tiempo a sacar las planchas alisadoras en un intento por recrear el efecto de cortina reluciente que había conseguido Karen con su pelo.

–Te llevaré de compras más tarde –le dijo Anton al percatarse de cómo iba vestida.

–¡Qué grosería! –sin el maquillaje mágico de Karen, Lydia se sonrojó de forma poco halagüeña, horrorizada ante tamaña grosería. Porque, aunque su atuendo no fuera suficiente, ¿cómo se atrevía a decirlo?

–¿Por qué soy grosero?

–Por decir que mi ropa no es adecuada.

–Yo no lo he dicho –respondió Anton, recorriendo con la mirada a una Lydia mortificada y enfadada bajo el escrutinio–. Pero ahora que lo dices… –se encogió de hombros una vez más–. Siempre les compro ropa a mis amantes y hasta ahora ninguna se había quejado. Pensé que a todas las mujeres os gustaba ir de compras. Le pediré a Angelina que llame a un par de boutiques y les diga que cierren.

–¿Que cierren? –Lydia frunció el ceño. De alguna manera se las había ingeniado para acorralarla una vez más. Anton Santini podía ser todo lo grosero que quisiera y ella tenía que aguantarlo.

–No me gustan las multitudes cuando voy a comprar –dijo Anton con una sonrisa–. ¿Qué hora es? –añadió, evidentemente aburrido con la conversación.

–Las seis y media –contestó Lydia con los labios apretados, aunque no estaba muy segura de que la pregunta estuviera dirigida a ella. Vio a Anton trastear un momento con su pesado reloj de pulsera antes de mirar la pantalla del ordenador.

–¿Entonces es media tarde en Nueva York y ya de noche en Italia?

–No tengo ni idea –admitió Lydia–. Supongo que no lo preguntarás porque tienes que llamar a tu madre y no quieres despertarla, ¿verdad? –Lydia esperaba recibir una contestación ingeniosa, pero, en su lugar, Anton le sonrió, y no pudo evitar derretirse... y lo perdonó–. ¿Quieres que llame para que suban café recién hecho?

–¿Y podemos volver a la cama a esperar a que llegue la doncella? –preguntó él esperanzado.

–No –dijo ella, sonriendo abiertamente mientras él volvía a la pantalla de su ordenador. Respondió a lo que parecían cientos de e-mails urgentes, y dictó algunos mensajes rápidos a su dictáfono para Angelina, sin duda, tras lo cual hizo algunos cálculos increíblemente largos sin siquiera mirar.

Lydia no podía evitar admirar su capacidad de resistencia. Con menos de cuatro horas de sueño, Anton se había ocupado de gran parte de sus tareas del día antes de desayunar.

–¿Siempre recibes tantos e-mails?

–Siempre –dijo él, elevando los ojos al cielo–. Los odio. La gente espera respuestas inmediatas –sacudió la cabeza–. Parece que me estoy compadeciendo de mí mismo.

–No es cierto –dijo Lydia, asintiendo con gesto cómplice–. Sé exactamente a lo que te refieres. Yo odio el teléfono.

—¿Odias el teléfono?

—Absolutamente –asintió Lydia–. Y temo el día que todos tengamos videoteléfonos, y no puedas ocultar el desorden de tu piso cuando alguien te llama o que acaban de despertarte… una invasión de la intimidad –terminó Lydia débilmente, pero Anton estaba sonriendo, tras desconectar el correo electrónico y, columpiando las piernas sobre la cama, se giró para mirarla.

—¿Qué vas a hacer en todo el día?

—Dormir, espero –dijo Lydia–. Después del desayuno subiré y me daré una ducha, suponiendo que no hayas acabado con toda el agua caliente, y me meteré en la cama. Cuando me levante, iré a que me peinen y maquillen, para estar lo suficientemente guapa para colgarme de tu brazo esta noche. Es genial ser rica.

—¿Bajarás a desayunar conmigo?

—Me temo que sí –dijo ella.

—¿Y si tengo que salir de la reunión? ¿Si hay un aplazamiento?

—Me lo dirán –interrumpió ella, contenta de que empezara a tomarla en serio–. Si no me diera tiempo a bajar y encontrarme contigo en el bar, o si pareciera muy sospechoso, sube a la suite como harías normalmente. Uno de los detectives subirá contigo en el ascensor.

—¿Tu novio?

—Mi *exnovio* –corrigió Lydia, desenchufando sus amadas planchas cerámicas y levantándose–. ¿Cómo lo has sabido?

—Fácil –respondió Anton–. Se supone que es él quien tiene que vigilarme a mí, pero no puede quitarte los ojos de encima. Hazme caso: ¡No le gusta ser tu ex!

—Pues será mejor que se acostumbre al hecho de que vivimos en el siglo XXI y las mujeres somos capaces de soportar trabajos muy exigentes –contestó Lydia.

Anton se abalanzó con destreza sobre su presa.

—¿Otro machista? —enarcó una ceja en un gesto cómplice—. ¡Dios mío, Lydia, el mundo está lleno!

Mientras Lydia buscaba desesperadamente una respuesta efectiva, Anton cambió rápidamente de tema.

—¿Por qué no te duchas ahora para que puedas meterte en la cama en cuanto subas de desayunar? Informaré en recepción para que suban a arreglar la habitación ahora mismo. Debes de estar cansada.

—Lo estoy —admitió Lydia, bastante calmada ante la sorprendente muestra de consideración—. Pero, si entro en el cuarto de baño ahora, se me encrespará el pelo y cualquier intento de hacerme pasar por tu sofisticada amante desaparecerá tan rápidamente como el suero alisador de mi pelo —su elocuente forma de hablar debió resultar demasiado rápida para él porque, a juzgar por la expresión de su rostro, era evidente que no sabía de qué le estaba hablando—. Me ducharé después de desayunar —añadió.

—Como quieras —Anton hizo un gesto de asentimiento y ya se iba a dar la vuelta para irse cuando cambió de idea—. ¿No levantará sospechas?

—¿Qué?

—Se supone que estás en Melbourne por trabajo. Si subes a la habitación a dormir...

—Después de tu actuación de ayer —interrumpió ella, con una sonrisa hermética—, estoy segura de que el personal supondrá que he *estado* trabajando... ¡toda la noche! *Esperarán* que suba a mi habitación, exhausta.

—Siento mucho lo que hice.

—Lo sé —replicó Lydia, aunque no con demasiada gentileza.

—Estaba avergonzado —admitió Anton—. Y reaccioné exageradamente.

—Lo sé —repitió ella, esta vez con más suavidad. Tal vez estuviera viendo, por primera vez, las cosas desde el punto de vista de él, la humillación que debía haber sentido al averiguar que su encuentro había sido planeado, que a la mujer a la que prácticamente había hecho el amor le pagaban por estar con él–. Olvidémoslo, ¿quieres? –añadió ella.

–Lo intento –Anton se encogió de hombros–. Me vestiré.

–De acuerdo –dijo Lydia.

–De acuerdo –dijo él.

Tomó la bendita revista y trató de leer nuevamente cómo depilarse las cejas mientras Anton se quitaba el albornoz y comenzaba a vestirse. Trató de no imaginar su adorable cuerpo completamente desnudo, tuvo que concentrarse mucho para no volver la cabeza ni un segundo preguntándose por enésima vez si lo conseguiría, si conseguiría concentrarse en su trabajo cuando su cuerpo solo quería estar con Anton.

–Ya.

–Bien –respondió Lydia, guardando el revólver en el bolso justo antes de volverse–. ¿Listo entonces? –dijo Lydia finalmente.

–No del todo.

Siempre olía fenomenal, pensó Lydia al ver la enorme cantidad de colonia que usó para perfumarse.

–Siempre podré encontrarte –sonrió ella–. Si te perdiera, quiero decir.

–No sé de qué hablas –respondió él pasándose un peine por el cabello húmedo, tras lo cual se metió la tarjeta de la habitación y la cartera en el bolsillo. Se puso el portátil debajo del brazo y Lydia se dio cuenta de que ni siquiera se miró al espejo para ver el resultado final. Claro que tampoco era necesario. Estaba, como siempre, inmaculado.

–No hay nada peor en mi trabajo que perder a alguien a quien se supone estás protegiendo, pero lo único que tendría que hacer sería seguir tu olor, o, a lo peor, ponerle el frasco de perfume en el hocico a un perro. Aunque probablemente se quedaría inconsciente.

—¿Siempre hablas tanto por la mañana?

—Siempre —dijo Lydia sonriendo abiertamente al tiempo que salía por la puerta, y casi tuvo que correr para igualar sus largas zancadas.

Pero, a pesar de la desenfadada charla, Lydia se sentía increíblemente inhibida dentro del ascensor, nerviosa ante la idea de tener que aparecer en público de nuevo con él, por la actuación que debían representar... Había estado de servicio, sí, y no se había separado de su arma, pero por un momento habían estado solos, habían sido un hombre y una mujer que se atraían mutuamente y que se empezaban a llevar mejor.

—¡Anton, aquí! —Angelina hacía señas con su enjoyada mano cuando los dos entraron en el restaurante, indicándoles que se acercaran a la mesa en la que esta estaba junto a una apesadumbrada Maria—. ¡Sentaos con nosotras!

—Oh, no —masculló Anton—. Lo que me faltaba.

—Parece que vas a tener que aprender a mostrarte sociable por las mañanas —dijo Lydia riéndose mientras Anton conseguía saludar con una sonrisa, camino ya de la mesa.

Pero no lo consiguió. De hecho, Maria y Lydia quedaron relegadas a un segundo plano en medio de un improvisado desayuno de trabajo en el que Angelina y Anton se adueñaron de la mesa, concentrados en sus portátiles y sus móviles, hablando alto. De haber sido su novia de verdad, Lydia se habría levantado al momento pero en vez de eso, aprovechó la oportunidad para ponerse al día con su colega.

—No te haces idea de lo que estoy pasando —gimió Maria.

—Ni tú de lo que *yo* estoy pasando —suspiró Lydia, pero al ver la expresión de Maria, su sonrisa se desvaneció—. ¿Qué ocurre?

–Nada –dijo Maria, sacudiendo la cabeza–. Y además, no deberíamos estar hablando.

–Ahora sí podemos hablar –corrigió Lydia–. Angelina ha llamado a Anton para que se acercara, no ha sido algo que hayamos preparado nosotros. Solo somos dos mujeres que se acaban de conocer y estamos cotilleando; nadie puede oír lo que estamos diciendo. Venga, Maria, dime qué pasa.

–No tiene nada que ver con... –Maria se detuvo. No podía mencionar «el caso» o «sobornos» o algo así, aunque pareciera que nadie estaba escuchando pero Lydia comprendió el mensaje.

–No soy dada a hacer comentarios salaces –le recordó Lydia.

–Lo sé –dijo Maria, alargando la mano hacia el cesto del pan del que seleccionó un cruasán antes de seguir hablando en voz tan baja que Lydia tenía problemas para oírla–. A Angelina y a mí deberían habernos hecho pasar por *hermanas*.

–¿Hermanas? –Lydia frunció el ceño–. Pero tú eres demasiado joven para ser su hermana. Habría parecido... –se detuvo al recordar que tenían que fingir estar manteniendo una conversación imprecisa.

–Me refiero a monjas –Maria sintió un escalofrío–. A lo mejor así ella se habría desanimado... –abrió el cruasán con manos temblorosas. Lydia se quedó con la boca abierta al comprender.

–¿Se habría desanimado? Ah... ¿No me digas que le *gustas*?

–Eso creo –dijo Maria, sonrojándose violentamente; no le iría mal un poco del maquillaje mágico. Lydia hizo lo único que se le ocurría: echarse a reír tontamente hasta que Maria se unió a ella.

–¿Algo divertido? –preguntó Anton, mirándolas con el ceño fruncido.

–Solo estamos charlando, cariño –dijo Lydia con suma dulzura, lanzándole un beso y disfrutando de la chispa de enfado que atravesó la cara de Anton antes de devolver la atención a su ordenador.

–Pero hay esperanzas –dijo Maria, limpiándose las comisuras de los labios con la servilleta. Sonaba como una verdadera asistente personal cuando continuó hablando–. Al parecer, Anton concretó muchas cosas ayer. Las cifras del hotel concuerdan con lo calculado por su auditor externo, así que, con un poco de suerte, habrán terminado pasado mañana y podrán volver a Italia.

Para Lydia fue como si un cubo de agua helada le cayera encima. La risa, que hasta el momento le había parecido terapéutica, desapareció al instante, su buen humor quedó aplastado por la realidad.

–¿Pasado mañana? –repitió Lydia.

–Con suerte –respondió Maria, extendiendo mermelada en el cruasán, tan aliviada de poder haberle contado a su amiga el aprieto en el que se encontraba que no se dio ni cuenta de la rígida expresión de Lydia–. Y todos podremos volver a nuestra vida.

–Me voy a la sala de reuniones –dijo Anton, cerrando el portátil y poniéndose en pie.

–Deberías relajarte un poco. Disfruta, al menos, de tu desayuno –lo reprendió Angelina–. Trabajas demasiado.

–Te pago para que me ayudes –espetó Anton–. No para que me cuides como si fueras mi madre.

–Vamos, Maria, tenemos trabajo –dijo Angelina ni remotamente desconcertada por el tono de Anton. Era evidente que estaba acostumbrada a su brusquedad.

Lydia, por su parte, contuvo el aliento al ver que Anton se levantaba, preguntándose qué haría esta vez, pero ni siquiera se molestó en decir adiós. Se limitó a salir del restaurante sin mirar atrás, seguido por todo su séquito. Herida por el rechazo, Lydia se dio cuenta de que prefería que la humillara a que la ignorara.

Lydia abrió la puerta de la suite presidencial con su tarjeta. Al entrar, comprendió un poco más la actitud de Anton: toda huella de él, de ellos, había sido borrada. Las ropas que había tiradas por el suelo, estaban colgadas en el armario; habían limpiado las tazas del café y los vasos y los habían reemplazado por otros limpios; la cama estaba hecha. Lydia comprobó todos esos detalles mientras llevaba a cabo su detallada inspección de la habitación; notó que hasta el fuerte aroma de Anton había sido borrado. Abrió el pesado frasco de cristal de su colonia y aspiró la fragancia. Un escalofrío la recorrió ante las imágenes que aquel aroma evocaba.

Ella no quería volver a su vida.

No quería que su particular cuento de hadas terminara antes de empezar.

Y no tenía nada que ver con las ropas y el pelo, nada que ver con el lujo o con tener a todo el personal a su entera disposición.

Solo tenía que ver con Anton.

El verdadero Anton, no la versión gritona y machista que había visto tantas veces, sino el hombre profundo, sensible y poderosamente sensual que había vislumbrado.

Su cerebro fatigado y privado de sueño construyó un débil argumento. Anton odiaba el trabajo que ella hacía tanto como Graham, pero Anton tenía las agallas de admitirlo, se decía Lydia; Anton no ocultaba sus sentimientos al contrario que la mayoría de los hombres. Él la hacía sentir como una mujer. No como la edulcorada versión que Graham, y otros antes que él, habían pretendido, una mujer que necesitaba protección, que necesitaba una pareja más fuerte que ella. Anton, al contrario, la hacía sentir más.

Más.

Lydia se sentó en el borde de la cama y enterró el rostro en las manos, tratando de calificar sus pensamientos. Más femenina, más sexy, más vibrante. La hacía sentir como nunca se había sentido. En un solo día y una noche era como si su vida se hubiera transformado, como si la hubiera sumergido en una pintura mágica consiguiendo sacar de ella sus mejores, más brillantes y hermosas cualidades, sin pretender dominarla o contenerla.

Literalmente se caía de cansancio, quería darse una ducha rápida que esperaba no la reviviera. Lo último que quería Lydia era recobrar fuerzas. Tenía que aprovechar las pocas y preciosas horas que podía pasar a solas con prudencia, y dormir era su prioridad si quería mantenerse alerta durante los próximos dos días.

El placer de sentir el agua caliente sobre su cuerpo exhausto era inconmensurable. Con ella desapareció el acondicionador y el suero alisador de su cabello, el sutil aunque resistente maquillaje, desnudando así a la mujer chic a la que interpretaba. Alargó la mano hacia el bote de champú y se rio al comprobar, tal y como había dicho Anton, ¡que estaba lleno!

No tenía energía ni siquiera para secarse el pelo, tan solo se lo frotó con la toalla. Luego se lo cepilló y se lo sujetó detrás de la cabeza, agradecida de que Karen arreglara los inevitables enredos más tarde. Tras echar las cortinas, se quitó el albornoz y abrió la cama perfectamente estirada, colocó el revólver debajo de la almohada y se metió en ella.

Dios, qué hermosa estaba.

Tras entrar silenciosamente en la habitación, tardó unos segundos en acostumbrar los ojos a la oscuridad, y la mente a la paz y al silencio tras el ruido y el alboroto del que acababa de salir. La euforia que se apoderaba de él mientras trabajaba iba cediendo poco a poco al ver a Lydia.

Simplemente, *estaba* muy hermosa.

Más que nunca.

Desprovista de maquillaje, unas pecas que no había visto antes coloreaban su nariz perfecta, ligeramente respingona. El cabello, que hasta ahora siempre había visto liso, lo llevaba sujeto en una cola de caballo, y algunos mechones rojos y naranjas escapaban de la goma con la que se lo había sujetado, enmarcando su delicado rostro. Incluso en la penumbra, reconocía aquellos colores como los del cielo al anochecer en su amada ciudad natal.

La había visto sin maquillar en la piscina, pero ahora, viéndola tan relajada, se dio cuenta de lo tensa que había estado. Era como verla por primera vez, tan joven, tan vulnerable; despertó en él algo más que deseo lujurioso, algo que le daba miedo interpretar, algo que le paralizó el corazón durante un segundo. Tenía miedo, pero no por él, sino por ella; miedo del escaso precio que ponía a su vida, de su trabajo, de los bastardos a los que se exponía en nombre del deber.

Alguien la estaba observando.

La sensación de que había alguien más en la habitación, que estaba siendo observada, empujó a Lydia a luchar por recuperar la conciencia, como un buceador que se ve obligado a subir a la superficie a toda velocidad.

Desorientada, confusa, la mente en piloto automático aún. Resistiendo la necesidad de abrir los ojos, fingió removerse en la cama, y metió la mano debajo de la almohada. Fue solo un segundo, pero le pareció una eternidad.

—¿Por qué estás durmiendo sin echar la cadena de seguridad? —la voz de enfado le era familiar.

Lydia relajó los dedos con los que sujetaba el arma y finalmente el enfado se apoderó de su mente al reconocer a la persona.

—No es buena idea que entres a hurtadillas en la habitación, Anton —contestó ella enfadada—. Especialmente cuando duermo con un revólver debajo de la almohada.

—Pero podría haber sido cualquiera en vez de yo. No es seguro que estés aquí arriba, sola.

—Te buscan a ti, no a mí —señaló ella—. Y la puerta no estaba cerrada con cerrojo para que tú pudieras entrar directamente. ¡Si alguien te hubiera estado siguiendo seguro que no querrías encontrarte en medio del pasillo, llamando a la puerta de la suite y esperando que yo me despertara!

—No creo que sea buena idea —insistió él—. Te arriesgas demasiado.

—No tienes por qué preocuparte —respondió Lydia, mirando fijamente desde la cama su figura erguida.

—No debería —respondió Anton. Lydia vio que la dura expresión de Anton se suavizaba, vio el movimiento de su nuez al tragar, sus ojos cómplices casi confusos mientras la miraban, su voz habitualmente atronadora cargada de sentimiento al hablar—. Pero, de pronto, me preocupa.

La magnitud de sus palabras debería haberla sorprendido. Ella también lo sentía. Pero el hecho de que Anton Santini estuviera de pie frente a ella, desnudando su alma, diciéndole cuánto temía por su vida, cuánto se preocupaba por ella, era demasiado para ella.

—No me ha gustado lo de esta mañana en el restaurante —continuó Anton con un tono áspero—. Aquí estamos solos, ¿verdad? —al ver que Lydia no decía nada, se explicó, revelando con cada palabra la profundidad de sus sentimientos—. Pero, en cuanto atravesamos esa puerta, tengo que recordar que estamos actuando —añadió.

–Anton… –comenzó ella, pero se detuvo, ante el enorme impacto de la imposible situación en la que se encontraban. Vivían en lados opuestos del planeta, ambos tenían trabajos muy exigentes, dos personas pertenecientes a dos mundos muy distintos, y nada podría cambiar esa realidad–. En un par de días volverás a Italia… –añadió.

–Todo debería quedar saldado pasado mañana.

A pesar de que Maria se lo había revelado sin darse cuenta, oírselo decir a Anton fue como sentir la hoja de la guillotina: la sentencia de muerte para su recién nacida relación.

–Vuelvo a Italia dentro de un par de días, sí –confirmó Anton–. Solo nos queda revisar unas cifras más, hacer alguna presentación y firmar en las líneas de puntos. No hay razón para quedarse más –Anton la miró fijamente–. ¡No creo que tus colegas se alegraran mucho si les dijera que he decidido quedarme en Melbourne para pasar unas improvisadas vacaciones! Pero podrías hacerlo tú.

–¿Hacer qué?

–Venir conmigo –Anton seguía mirándola–. Podríamos pasar unos días juntos, juntos *de verdad*…

–No es tan fácil, Anton –Lydia fue un poco brusca, aterrorizada ante la idea de que si no se mostraba firme podría ceder, podría perder la cabeza y aceptar su oferta–. Me han propuesto para un ascenso. No puedo tomarme un par de semanas libres cuando me apetezca.

–Si no te quedan vacaciones yo puedo… –al ver que el rostro de Lydia se endurecía, se detuvo, pero no era necesario. La oferta, aunque no la hubiera puesto en palabras, estaba allí.

–¿Pagar por mi tiempo? –Lydia lo miraba con ojos llenos de rabia.

–Estás malinterpretando mis palabras. Me gustas, Lydia, y quiero pasar unos días contigo. Solo trataba de llegar a alguna solución.

—No me conoces, Anton —señaló Lydia—. Esta mujer impecable y elegante, siempre a tu entera disposición, una mujer que se supone que no tiene nada mejor que hacer que sentarse en su habitación y esperar a que termines la reunión… esta no soy yo.

—Ya me he dado cuenta. Por eso quiero estar contigo, para conocer a la verdadera Lydia.

—¡Pero ella no es así! —sus palabras estaban cargadas de un tono desafiante que la sorprendió incluso a ella—. La verdadera Lydia viste con vaqueros y zapatillas. La verdadera Lydia hace turnos de doce y hasta veinticuatro horas, y nunca aceptaría que le hablasen como lo hiciste tú ayer.

—Ya lo había adivinado —dijo él, esbozando una sonrisa y sin dejar de mirarla—. Y, a riesgo de enfurecerte aún más, ahora no pareces muy arreglada y elegante.

¡Canalla!

Demasiado pálida para sonrojarse, Lydia habló con los labios apretados y una mirada desafiante en sus ojos.

—¿Sería suficiente para ti, Anton, si no me molestara en ir a la peluquería o maquillarme y me vistiera con mi inadecuada ropa pasada de moda? ¿Aún querrías estar conmigo?

Anton no respondió, se limitó a recorrer su rostro sin maquillar y su pelo revuelto, con expresión ilegible.

—Ven conmigo, Lydia. Démonos la oportunidad de conocernos mejor.

—No tiene sentido —dijo ella casi gritando, furiosa ante la imposibilidad de la situación, furiosa con Anton, también, por fingir que podían darse una oportunidad cuando los dos sabían que todo terminaría antes de empezar.

—¿Estás segura?

Había dignidad en su pregunta. No argumentó su

caso, ni trató de convencerla con extravagantes mentiras, solo le dio una oportunidad para que retrocediese.

Ella apartó los ojos de él, mirando al techo fijamente, temiendo flaquear si lo miraba.

–No puedo ir.

–¿No puedes o no lo harás?

–Las dos cosas –Lydia contuvo el aliento, mirando
cómo Anton entornaba los ojos–. No puedo ir por mi
trabajo y no lo haré porque... –su argumentación terminó allí, simplemente porque no tenía motivos con
los que argumentar.

–Me deseas tanto como yo a ti.

Anton dijo lo que ella había callado, hechos irrefu-
tables, pero, en una demostración de instinto de supervivencia, Lydia consiguió negarlo, consciente de que
si cedía, si lo seguía, sí, sería maravilloso, y sí, sería
divino, pero nunca duraría. Un hombre como Anton se
la comería de un bocado y escupiría las pepitas. Había
leído su biografía.

–No, Anton –consiguió mirarlo y decir aquella
mentira–. Por un momento lo creí, pero no. Tú no eres
lo que yo deseo –dijo, sacudiendo la cabeza.

Vio que él abría la boca para objetar, pero Lydia le
había otorgado a sus palabras un tono de firmeza tal
que Anton debió comprender que no había nada que
hacer. Se limitó a cerrar la boca, hizo un breve gesto de
asentimiento con la cabeza, y Lydia supo que todo había terminado cuando Anton se dio la vuelta.

–Volveré en un par de horas para llevarte de compras –la miró larga y duramente–. Tal vez hayas tenido
tiempo de arreglarte el pelo y el maquillaje para entonces.

Capítulo 8

TRATÓ desesperadamente de disfrutar y apartar de la mente la pesadilla logística que Anton había provocado con su capricho de ir de compras. Detectives armados los seguían discretamente a lo largo de Chapel Street hasta la boutique más exclusiva cerrada a todo el público excepto a ellos dos. Pero, incluso después de cerrar con seguro las puertas, con la posibilidad de dejar de preocuparse por la seguridad, Lydia era incapaz de relajarse.

Anton le había dicho que quería conocerla mejor, que quería ver a la verdadera Lydia, y al momento le había ordenado que se arreglara el pelo. Y ahora, tras seleccionar varios vestidos que consideraba apropiados, la guiaba hacia la zona de los probadores, unos que Lydia no había visto jamás. Era una habitación gigantesca con espejos desde el suelo hasta el techo, y Anton estaba sentado, totalmente relajado, en un sillón de cuero, mirando una revista del corazón mientras ella se cambiaba de ropa una y otra vez para él, abriendo y cerrando las puertas de su cubículo, desfilando para él terriblemente humillada.

–No me gusta –mentía ella, mirándolo con gesto desafiante una y otra vez, cuando el vestido que llevaba era, en realidad, una de las cosas más bonitas que había visto, pero no pensaba decírselo–. Además, el rojo choca con mi pelo.

–No es rojo, es más bien burdeos. En cualquier caso, a mí sí me gusta –dijo Anton, como si eso bastara para que ella lo quisiera–. Pruébate el gris ahora.

Desde el enfrentamiento en el hotel, Anton se había mostrado de un humor de perros. Era evidente que no estaba acostumbrado al rechazo, tras lo cual había adoptado su actitud más desagradable y machista. Y ahora estaba castigándola con su peor humor: exigiéndole que se ajustara a sus gustos excesivos, eligiendo zapatos, perfume y hasta ropa interior para ella como si se tratara de una especie de maniquí al que tuviera que vestir. Le estaba dejando ver con total claridad que, si quería acompañarlo esa noche, tendría que tener su mejor aspecto.

Lydia se colocó el vestido de terciopelo arrugado y, mientras se peleaba con la cremallera, se miró al espejo y frunció el ceño, furiosa de que, una vez más, Anton se las hubiera arreglado para elegir el vestido perfecto, preguntándose cómo acertaba siempre.

—¿Dónde está la dependienta? —asomó la cabeza por la puerta y lo llamó—. Necesito que me ayude con la cremallera.

—Le he dicho que queríamos intimidad —dijo Anton, levantándose del sillón y entrando en el cubículo—. Yo te ayudaré.

Aquel no era el plan, pensaba Lydia mientras Anton le ponía la mano en la cintura y la giraba de forma que estuviera de espaldas a él. ¡Aquel no era el plan!

—Está en un lado —susurró ella—. Es una cremallera oculta…

—Oh, sí —pero no se movió, y tampoco ella.

Lydia observó su reflejo en el espejo, inmóvil mientras él encontraba la cremallera. Pero, en vez de subir la cremallera, su mano se estaba abriendo paso entre la tela suave, cálidos dedos que se movían sigilosamente, acariciando suavemente su piel. Lo más sensato habría sido detenerlo, apartarle la mano, decirle que podía arreglárselas sola o llamar de un grito a la dependienta. Pero, simplemente, no quería; no deseaba que cesaran las sublimes caricias sobre su estómago.

Oyó el sonido de una cremallera, pero era la de los pantalones de Anton.

–Alguien podría entrar... –susurró ella mientras la mano de Anton continuaba descendiendo, pero este negó con la cabeza.

–Ya te lo he dicho: he pedido intimidad –dijo.

Y estaba claro que siempre conseguía lo que quería. Pero era más que la llegada de la dependienta lo que temía.

–Lo sabrán –suplicó ella aunque solo deseaba que Anton continuara.

–¿Y?

La palabra resonó en su cabeza. Su cuerpo se retorcía de deseo a su contacto. Fortalecía saber que aquel sensual y deseable hombre la deseaba a ella tanto como ella a él, y, aunque solo fuera por un momento, quería sentir el placer de recibirlo en su interior, dar ese peligroso paso y terminar lo que habían comenzado en la piscina.

Era la decisión más temeraria, sexualmente hablando, que había tomado en su vida, pero para Lydia, era la más adecuada en ese momento, la única que podía tomar: obedecer la llamada de su cuerpo y satisfacer el deseo que se había apoderado de ella desde que Anton apareciera en su vida.

Tal vez así podría recuperar la razón, pensó Lydia mientras los dedos de Anton descendían más y más, en círculos. Pero, por ahora, lo único que podía ver eran los ojos azules de Anton, sosteniendo los suyos en el espejo; miró fascinada al hermoso hombre pegado a la espalda de la hermosa mujer que había creado.

Lejos de horrorizarse, pensar en la dependienta que estaría esperando fuera, en los detectives que vigilaban en la calle, aumentó su excitación. Notó que los dedos de Anton llegaban a sus braguitas y vio cómo levantaba el vestido y se las bajaba. Vio su propia imagen reflejada, los dedos de Anton abriendo la piel húmeda y delicada, pero solo podía contemplar con los ojos desorbitados por la fascinación, cómo le acariciaba la parte más íntima de su cuerpo, los rosados labios de su vagina.

—Creía que habías dicho que no me deseabas... —y, a continuación, introdujo los dedos en ella, entre los acogedores y húmedos pliegues, arrancándole pequeños gemidos guturales, prueba de que era inútil seguir mintiendo.

Casi como una espectadora, miró en el espejo cómo le bajaba el tirante con la otra mano, cómo le besaba el hombro pálido con tanta pasión que seguro le saldría un cardenal. Masajeó a continuación el pezón erguido mientras los dedos de la otra mano seguía acariciándola abajo, y se olvidó de todo. Solo podía pensar en el temblor de su pubis y sabía que no podría aguantar mucho más.

Tampoco él, se dio cuenta Lydia. Con un rápido movimiento, hizo que se girara y la levantó por encima de él, sujetándola por las nalgas aterciopeladas, sin dejar de besar la suave y pálida piel de su hombro.

Lydia no tenía tiempo para procesar lo que estaba ocurriendo, no tuvo tiempo de pensar en nada cuando sintió la punta de su pene abriéndose paso entre sus piernas. Lo único que sabía era que estaba a punto de alcanzar el orgasmo, el cuerpo rígido cuando penetró en ella. Vio sus cuerpos entrelazados en el espejo, sus muslos blancos en contraste con el tono oscuro del traje de él, y los dedos encogidos dentro de las sandalias de tiras mientras frotaban sus cuerpos contra la pared del probador. Anton sujetaba con fuerza, separaba las nalgas de Lydia mientras empujaba con fuerza, haciendo realidad todo lo que Lydia había imaginado y más. Fue la cabalgada más vertiginosa y estimulante de su vida.

Cuando concluyó, cuando ya regresaba a tierra firme y Anton la depositaba en el suelo aún temblorosa, no hubo ni un momento para la vergüenza. La atrajo hacia su pecho, la retuvo allí un momento, abrazándola con ternura hasta que recuperó el equilibrio.

Tal vez debería sentirse utilizada, violentamente avergonzada después de lo que había ocurrido. Pero, incluso cuando la soltó, sus ojos seguían mirándola con una ternura que nunca antes había visto en él, sonriéndole con dulzura por primera vez.

—Será mejor que te compre este vestido.

—Sí, será mejor.

Le pareció que era la sensación más embriagadora de su vida entrar en el vestíbulo del hotel con Anton mientras el botones se apresuraba a tomar sus bolsas.

—¡Anton! —Angelina se abalanzó sobre ellos cuando se dirigían al ascensor, seguida por una sufridora Maria—. Tengo que hablar contigo. Unas cantidades no cuadran, nada grave, de todas formas. Podemos hablar de ello tomando un café en el bar. No tardaremos mucho.

—¿Por qué no vas subiendo? —dijo Anton a Lydia, dirigiéndose a continuación hacia Angelina. Se detuvo al ver que Lydia lo seguía. Los dos sabían por qué: por un momento, Anton había olvidado que ella estaba de servicio, que estaba allí para protegerlo.

—Me quedaré, si no te importa —dijo ella, forzando una sonrisa al tiempo que atravesaban el vestíbulo con Maria, deseando que la realidad fuera otra, sabiendo que Anton estaba pensando lo mismo.

No les llevó ni cinco minutos. De hecho, para cuando llegó el camarero a tomarles nota, los agudos ojos de Anton ya habían encontrado el problema de las cantidades.

—Comprueba esta cifra, pero creo que lo que ocurre es que falta un cero al final. Nada para mí, gracias —dijo esto último al camarero al tiempo que se levantaba–. Señoras, nos vemos en el cóctel que se celebrará esta noche.

–¿Habrá mucha gente? –preguntó Lydia cuando salían del ascensor en dirección a la suite.

–Probablemente –dijo Anton, encogiéndose de hombros al tiempo que metía la tarjeta en la puerta–. ¿Qué tal si te haces un recogido alto? Creo que te favorecería.

Pero Lydia no estaba escuchando. Su mente estaba puesta en el trabajo, la mano en el bolso, sujetando la pistola, sus ojos alertas cuando entraron en la habitación. Y entonces se quedó inmóvil. Se le erizó el vello de la nuca. El instinto le decía que algo no iba bien.

Anton iba a pasar junto a ella cuando Lydia se movió rápidamente, colocándose deliberadamente delante de él para detenerlo, escudándolo con su delgado cuerpo.

–¿Pero qué demonios…? –Anton se detuvo al ver al botones que salía de la alcoba hacia el salón de la suite, los ojos negros clavados en los de Lydia.

–¿Quiere que los coloque?

–¿Colocar? –Lydia frunció el ceño. Respiraba agitadamente aunque su voz era firme.

–Los paquetes –explicó el botones–. Los he dejado sobre la cama…

–Está bien así –Anton tomó el mando de la conversación y, adelantándose a Lydia, se acercó al botones y le dio la propina–. *Grazie*.

–Disfrute de la velada –respondió el botones, haciendo una breve inclinación de cabeza antes de salir.

–¿A qué ha venido eso? –preguntó Anton cuando se quedaron a solas, pero Lydia no dijo nada, sino que se limitó a comprobar minuciosamente la suite hasta que, finalmente, se sentó en la cama entre los paquetes.

–Sabía que había alguien en la habitación –respondió Lydia, pasándose la mano por el cabello–. Anton, no me gusta…

–¡Es el botones, por lo que más quieras! –estalló

él–. Pero esa no es la cuestión. Supón que hubiera sido un atacante, supón que su intención hubiera sido matarme... ¿qué demonios pretendías colocándote delante de mí?

–Es mi trabajo, Anton –respondió ella, pero fue una respuesta imprecisa porque su mente seguía pensando en lo sucedido; su instinto seguía advirtiéndole que algo no iba bien.

–¿Recibir un balazo? –dijo él y, tomándola del brazo, la acercó hacia él–. No me haré ilusiones de que lo has hecho llevada por tus sentimientos. Lo habrías hecho por cualquiera, ¿verdad?

Lydia no respondió. No era necesario. Los dos sabían la respuesta.

Fue la noche más larga de su vida. Con el mismo vestido del numerito de seducción en la boutique, el pelo hábilmente recogido por otra peluquera que Anton había hecho subir a la habitación, Lydia sentía que sus nervios resonaban más que los ostentosos pendientes de Angelina.

El humor de perros de Anton era palpable. Aunque el incidente con el botones había acabado en nada, las consecuencias habían resultado devastadoras. Anton había visto con sus propios ojos hasta dónde estaba preparada para llegar en nombre del deber y para Lydia había quedado confirmado que nunca aceptaría su trabajo. La tensión que se había vivido en la suite había sido insoportable. Antes de bajar a la fiesta se había mirado al espejo en busca de alguna magulladura en el hombro causada por sus apasionados besos. No las encontró, pero la marca que había dejado en ella era indeleble. Se sentía deliciosamente magullada, el tacto de Anton aún reverberaba en sus músculos. Contemplando el reflejo que le devolvía el espejo, el delicado peinado, los ojos maquillados, la sofisticación y la elegancia, burlándose una y otra vez del temblor interno que soportaba, Lydia había luchado con la decisión más importante de su vida.

–¡Bajo a la fiesta!

Anton la había requerido de tal forma dando un brusco toque en la puerta del baño, diciéndole que, si pretendía acompañarlo, tendría que ser en ese instante.

Y, porque así se lo ordenaba el deber, ella había obedecido.

Ahora estaban en el salón donde se daba la fiesta, y Lydia observaba bebiendo daiquiris sin alcohol mientras Anton era el centro de atención. Y aunque este prestaba atención a la conversación, incluso sonreía de vez en cuando a los que lo rodeaban, su frialdad y su aire de superioridad nunca le habían parecido tan evidentes.

Lo único que Lydia sabía era que no quería que aquello terminara; no quería volver al mundo en el que había vivido hasta hacía poco.

–Estás muy callada –observó Maria. Estaban ligeramente apartadas del resto de la comitiva–. Y no te culpo. Me muero de aburrimiento. Hasta cuando no están trabajando, parece que solo saben hablar de ello. No sé cómo Anton consigue retener todos esos números. Es como una calculadora humana.

Lydia deseaba contarle sus penas a su amiga. No para encontrar una solución, porque sabía que no la había, sino para recibir apoyo moral. Pero no era ni el momento ni el lugar.

–¿Qué tal tu jefa? –preguntó Lydia.

–¡Como mi perro cuando está en celo! –contestó Maria, torciendo la boca–. Tendría que ir con un palo para mantenerla a distancia. No es que me queje. Se vive muy bien. He reservado cita para darme un masaje con piedras calientes para mañana. ¡Tiene muy buena pinta! Como él… –susurró Maria al ver que Anton atravesaba la estancia en dirección a ellas.

–Maria –dijo haciendo un inclinación de cabeza y, a continuación, se dirigió a Lydia–: Me gustaría subir a la habitación.

Había una botella de champán enfriándose en un cubo de plata y, mientras Lydia cerraba la puerta, Anton la abrió con facilidad.

–Cierra con cerrojo –dijo Anton, sirviendo dos copas. Frunció el ceño cuando Lydia la rechazó.

–Se supone que no debo beber cuando estoy de servicio.

–Pero si te has tomado tres daiquiris de fresa abajo –señaló él.

–Preparados por uno de mis compañeros –dijo ella con una hermética sonrisa–. No tenían alcohol para poder concentrarme en mi trabajo.

–No estabas exactamente concentrada esta tarde…

–La tienda era segura… –dijo ella, tragando con dificultad–. Pero tienes razón. No fue el momento más brillante de mi carrera. Sin embargo, me importa mucho mi trabajo, Anton… –vio que la mirada de Anton se oscurecía.

–Es demasiado peligroso.

–Es lo que soy.

–No –dijo él, sacudiendo la cabeza con firmeza–. Yo he visto a la *verdadera* Lydia esta tarde.

–No, Anton –dijo ella suavemente–. Nunca me has conocido.

–Ven aquí –dijo él suavemente y Lydia supo que la estaba poniendo a prueba. Si lo acompañaba a la cama, esperaría que lo acompañara en su vida y Lydia sabía que eso no podía hacerlo. Una noche en sus brazos parecía algo mucho más íntimo que lo que habían compartido. Ver su lado tierno no haría sino agrandar la pérdida que vendría a continuación.

–Ven a la cama, Lydia –le ordenó prácticamente, y le costó mucho decirle que no.

–Vete a la cama si quieres, Anton. Yo estoy trabajando.

Capítulo 9

ALGO nuevo con Angelina? –preguntó Lydia mientras Maria cerraba los ojos y apoyaba la espalda en las tablas de madera de la pared de la sauna. Las dos estaban contentas de poder abandonar la guardia por unos minutos, aun con los buscas en los bolsillos de los albornoces.

–Nada. Está en el salón de belleza afeitándose la barba, vigilada por Graham –Maria se echó a reír–. Se está haciendo un tratamiento facial y la manicura, ¿te lo puedes creer? Estrictamente para poder vigilar a Angelina mientras nosotras nos ponemos al día, claro, pero creo que está disfrutando más de lo que dice. Tal vez *por eso* rompisteis.

–Estás obsesionada –se rio Lydia.

–No, no lo estoy –suspiró Maria–. Estás viendo a la nueva y serena Maria, por gentileza del masaje con piedras calientes. Lydia, tienes que probarlo. Te ponen esas piedras por la espalda y te envuelven entre suaves capas y cuando estás bien cocida, cuando ya crees que no podrías estar más relajada, te ungen con aceite y te masajean con las piedras. Es simplemente delicioso. Te lo juro, nunca algo me había dejado tan alucinada, ni siquiera Angelina y su nada sutil flirteo. ¡Es muy relajante!

–¿Alguna noticia sobre la procedencia de ese botones?

–Nada de particular –bostezó Maria–. Es un mochilero que lleva trabajando en el hotel un par de meses. No tiene antecedentes delictivos…

–¿De dónde es?

–De Florencia –respondió Maria–. O esa es la última dirección que tenemos. Y dado que Anton es de Sicilia, y trabaja principalmente en Roma, no parece haber nada sospechoso. Aún están comprobando algunos datos, pero no parece estar relacionado. Yo me olvidaría de él si fuera tú, Lydia –dijo Maria, encogiéndose de hombros perezosamente.

–No me gusta –insistió Lydia–. Dile a Kevin que quiero que lo vigilen.

–De acuerdo.

–Anton quiere que vaya a Italia con él.

Las palabras fluyeron de la boca de Lydia a borbotones mientras observaba a Maria, que abrió los ojos y frunció el ceño.

–Quiere que vaya a pasar unas vacaciones con él.

–¡Quiere que *tú* vayas! –Maria la miraba boquiabierta.

–¿Tan increíble te resulta? –preguntó Lydia bruscamente.

–Pues claro que sí –Maria sacudió la cabeza como queriendo aclararse–. Lydia, estamos hablando de *Anton Santini*. ¡Y me estás diciendo que quiere llevarte de vacaciones! ¿Y qué demonios has contestado?

–Que no, por supuesto –incorporándose en el banco, Lydia se pasó las manos por el pelo encrespado–. Si me tomo unas semanas libres para atravesar el continente, ya puedo despedirme de mi ascenso, de mi carrera, probablemente. Lo que quiero decir es que –Lydia gesticulaba profusamente mientras Maria escuchaba con atención– Graham me propuso matrimonio y dije que no. ¿Por qué demonios iba a tirarlo todo por la borda por una aventura con Anton?

–¿Por qué estás tan segura de que solo sería una aventura?

–Porque tener aventuras es lo que Anton hace mejor. Puede que no funcionara. ¿Pero tú sabes la reputación que tiene? Y me ha dejado muy claro que odia mi trabajo. Ni siquiera me conoce, *cree* que me conoce –siguió diciendo Lydia mientras su amiga escuchaba pacientemente–, pero no me conoce. Sería una idiota si fuera con él.

–Pues no lo hagas –dijo Maria, cerrando los ojos en busca de la relajación–. Guárdala como una de las mejores ofertas de tu vida. Y da gracias por no haber perdido la cabeza y haber hecho algo tan estúpido como acostarte con él.

Lydia se reclinó sobre la pared en el banco, junto a Maria, cerró los ojos y aspiró el aire caliente. El silencio hablaba a gritos.

–¡Lydia! –ahora era Maria la que estaba agitada–. ¡Dime que no te has acostado con él!

–Bueno, no fue eso exactamente... –dijo Lydia, haciendo una mueca.

–Pero si solo hace un par de días que lo conoces –dijo su amiga.

–Me parece raro que me digas eso tú –respondió Lydia.

–No estamos hablando de mí. Cielos, Lydia, a Graham le llevó *semanas*...

–Meses –corrigió Lydia.

–Pues meses –continuó Maria–. ¿Pero qué demonios pasó con Anton? ¿Cómo demonios...? –Maria calló al ver que Lydia se estaba derrumbando. Al ver el rostro desolado de su amiga, Maria la rodeó con un brazo–. No es amor, ¿verdad?

–Creo que podría serlo –dijo Lydia, tragando con dificultad–. Pero, como te he dicho, ni siquiera me conoce.

–Pues enséñale cómo eres. Enséñale la asombrosa mujer que eres, Lydia –dijo Maria con firmeza.

–¿Crees que debería ir con él?

–Santo Dios, no –sacudió la cabeza sin dudar–. Eres la detective Lydia Holmes, y será mejor que se acostumbre –Maria sonrió descaradamente–. Dale a probar un poco de la verdadera Lydia. No te comprometas a nada, no juegues con sus reglas. Nunca lo has hecho ¿por qué empezar ahora? Te garantizo que, aunque se vaya, ¡volverá pronto!

–¿Y si no lo hace?

Maria miró a su amiga y ella misma se respondió.

–Es que no tenía que ser.

Por fin sabía qué hacer.

De nuevo en la suite presidencial, como una niña entrando a hurtadillas en la habitación de su madre, Lydia se miró al espejo. Armada tan solo con su irrisorio neceser, se puso un poco de máscara de pestañas y brillo de labios. Domó sus ingobernables rizos con un poco de espuma y se dio una forma aceptable. Si Anton creía que eso era vestir humildemente, se equivocaba. Para ella era arreglarse.

Los nervios estallaron al oír el busca, alertándola de que la reunión estaba a punto de terminar y que bajara en quince minutos.

Habría sido mucho más fácil ponerse uno de los vestidos que Anton había elegido para ella, perfumarse con el caro perfume que le había comprado y ponerse los zapatos perfectos que aún estaban envueltos en su papel de seda, pero ella no era así.

Echó un vistazo a su armario y tomó su vestido negro, algo que había en el armario de toda mujer, y se puso sus sandalias de tiras y tacón. Buscó su propio perfume en el bolso y se perfumó con manos temblorosas.

–Tranquilízate, Lydia –se riñó, guardando la pistola en el bolso y, cuando se dirigía a la puerta, se detuvo un momento para mirarse en el espejo.

Y los nervios desaparecieron. Una extraña sensación de alivio se apoderó de ella al encontrar el familiar reflejo y, aunque no fuera tan elegante, ni tan exquisitamente vestida como debería, se sintió bien; real: sincera.

Esa noche, lo miraría como la mujer que era.

Cerrando la puerta tras de sí, se dirigió al ascensor y entró. Se agitó un poco los rizos y cuadró los hombros. Estaba de servicio, preparada para cualquier eventualidad.

Solo que no era la idea de que la vida de Anton corriera peligro, sino la reacción de este cuando la viera lo que le causaba ese nudo en el estómago y la garganta. Cuando el ascensor llegó a la planta baja, salió, taconeando en el suelo de mármol…

La reacción de Anton cuando viera a la verdadera Lydia.

—¡Lydia! —envuelta en un espantoso caftán multicolor, Angelina la llamó al tiempo que se introducía en la boca pequeños trozos de su tostada de paté—. Estás fantástica. Me encanta tu pelo. ¿Te has hecho la permanente? ¡Qué osadía!

—Gracias —dijo Lydia, forzando una sonrisa al tiempo que rechazaba con la cabeza la copa de champán que le ofrecía Angelina—. No, gracias, me da un terrible dolor de cabeza —miró hacia el bar y comprobó que Kevin la había visto entrar antes de llamar al camarero.

—Un daiquiri de fresa, por favor. Muy dulce —dijo Lydia al camarero, al tiempo que señalaba con el dedo a Kevin—. Él sabe cómo me gusta.

—Claro, señora.

—¿Dónde está Anton? —preguntó a Angelina, contenta ahora que había pedido.

—Firmando unos documentos. Llegará en un minuto —dijo Angelina, llamando de nuevo al camarero que había atendido a Lydia para pedir una nueva copa de champán.

Lydia agradeció el aplazamiento y, con una resplandeciente sonrisa, se volvió hacia Maria, a quien dio un beso en la mejilla.

–¡Estás fabulosa! –dijo Maria.

–¿De veras?

–De veras –Maria sonrió abiertamente–. Le dejarás boquiabierto.

–Se nos ha dado bien –Angelina, de vuelta, se bebió de un sorbo el contenido de la copa–. El trato está cerrado, así que esta noche podemos celebrarlo antes de volver a casa.

–¡O podríamos dormir un poco!

El tono de Anton, seco y profundamente marcado por su acento italiano, le alteró los nervios. Tensó la columna al sentir el calor de su mano en la parte baja de la espalda, atravesando el vestido, y, girando la mejilla, cerró los ojos un instante, deleitándose en el roce de sus labios en la mejilla.

–Estás preciosa –dijo en voz baja, solo para ella y, en la misma íntima actitud, Lydia se giró y lo miró–. Preciosa –repitió Anton, recorriéndole el rostro con la mirada como si quisiera memorizar cada peca, deteniéndose en los jugosos labios y en los rizos salvajes que enmarcaban su rostro–. Y tu pelo está increíble. ¿Te lo ha arreglado una nueva peluquera?

–Sí –los ojos de Lydia relucían, atenta a la reacción de Anton cuando respondiera–. Yo.

Era como si estuvieran solos. La voz chillona de Angelina se atenuó; pareció que la multitud, los camareros desaparecieran y solo estuvieran ellos dos.

–Me he peinado y maquillado yo misma. Estás viendo a mi verdadero yo, Anton.

–Hola, tú.

Dos simples palabras que escaparon de sus labios sin apenas moverlos, pero levantó una mano y, tomando uno de sus gruesos rizos, lo enrolló en el dedo, en un gesto posesivo. La devoró con los ojos, acarició cada rasgo, absorbió la forma almendrada de sus ojos, la nariz respingona, como si fuera la primera vez que la veía.

—¿Quieres cenar conmigo? —le ofreció el brazo, claramente seguro de que no lo rechazaría. Sonrió interrogativamente al ver que negaba con la cabeza.

—No, Anton. ¿Quieres tú cenar conmigo?

—¿Dónde?

A ella le habría gustado poder tomarlo de la mano y llevarlo por las ajetreadas calles de Melbourne, enseñarle su restaurante favorito y después pasear de la mano junto al río. Le habría gustado, aún más, llevarlo a su casa. Invitarlo a un café, por decirlo así.

Pero, en su situación, el protocolo no permitía darse ese lujo.

En vez de eso, decidió invitarlo al único lugar en que podían estar solos dadas las circunstancias, donde podrían bajar la guardia y hablar sin miedo a ser escuchados.

—He pedido que nos suban la cena a la habitación —dijo en voz tan baja, que Anton tuvo que inclinarse para oírla, mejilla contra mejilla—. Pensé que, tal vez, podríamos hablar… —tragó el nudo que tenía en la garganta y trató de reunir el valor para establecer algunas normas—. Hablar —repitió—. Conocernos un poco mejor, si aún quieres hacerlo, claro.

—No hay nada que me apetezca más —respondió él con solemnidad, pero las comisuras de sus labios se levantaron dando forma a una íntima sonrisa—. Bueno, tal vez una cosa. Pero tenemos que hablar de algunas cosas antes, ¿verdad?

—Verdad —asintió Lydia, devolviéndole la sonrisa y sonrojándose al hacerlo.

—Iré a despedirme para que podamos… estar juntos un rato, Lydia —le sostuvo la mirada al decirlo.

—¿Va todo bien? —preguntó Maria, acorralándola en

cuanto Anton se apartó para excusarse y despedirse de sus colegas.

–Todo va bien. Anton quiere que cenemos arriba –dijo Lydia con toda la serenidad que pudo–. Y tengo que admitir que a mí me apetece apartarme de toda esta multitud –aunque pareciera que no había nadie escuchando, Lydia eligió las palabras cuidadosamente. Pero Maria entendió perfectamente el mensaje oculto y le guiñó el ojo en señal de ánimo.

–Solo pido a Dios que no le dé ideas a Angelina y también quiera irse a la cama. Francamente, yo preferiría quedarme aquí abajo.

–No creo que debas preocuparte –sonrió Lydia, viendo cómo Angelina monopolizaba al camarero–. Un par de copas de champán más, y se dormirá como una marmota.

Capítulo 10

HAS CAMBIADO de idea respecto a lo de venir conmigo a Italia? –preguntó Anton una vez que Lydia hubo comprobado el estado de la suite y guardado la pistola en el cajón. Estaban solos, por fin.

–No –Lydia lo miró, revelándole un poco más de sí misma que quizás Anton no supiera–. No cambio de opinión con facilidad, Anton.

–Yo tampoco.

Podría haber sido el final de la partida. Dos personas testarudas incapaces de dar el primer paso. Pero, por el momento, Lydia no pensaba en el futuro. Solo pensaba en el presente, disfrutando de lo que tenían, decidida a disfrutar del momento.

–¿Qué es esto? –preguntó él frunciendo el ceño cuando Lydia levantó las tapas de plata de las fuentes. En el interior, había sendas cajas de cartón de color blanco y una bolsa de papel marrón, grasientas por el contenido–. ¿Noodles?

–Pero no son unos noodles cualquiera –corrigió Lydia–. Los mejores noodles de Melbourne. Cuando tengo guardia siempre los compro, y, normalmente me sobra para desayunar. Hice que los enviaran aquí y le pedí al chef que los calentara. No creo que haya quedado muy impresionado.

–¿Y eso? –preguntó, señalando la bolsa de papel.

–Rollitos de primavera.

–Pero no se parecen a ninguno que haya visto.

–Prueba uno –dijo Lydia, sentándose a la mesa, reprimiendo una sonrisa ante la inversión de sus papeles.

Anton miraba los palillos de madera, claramente acostumbrado a utilizar la más fina cubertería.

—Los palillos se separan.

—Ya lo veo —Anton sonrió abiertamente y con envidiable facilidad, empezó con los noodles.

Aquella estaba siendo la mejor comida del mundo. El vino era fantástico, la conversación fluida. Estaban conociéndose un poco mejor, riéndose de sus bromas, averiguando las motivaciones del otro.

—Al chef le daría un infarto si me oyera… pero estaban buenísimos —dijo Anton, un poco después.

—Te lo dije —sonrió Lydia, pero su sonrisa duró poco. La conversación despreocupada que llenara la habitación momentos antes se desvaneció ante la seriedad real de la situación.

—¿Entonces no vas a venir?

—No —Lydia sacudió la cabeza.

—¿Entonces cómo…? —comenzó Anton.

—No lo sé.

Atravesando la habitación, Anton se acercó a ella y la tomó entre sus brazos con una fiereza tal que, por un momento, sus problemas parecieron no importar. Lo único que Lydia podía sentir era su cercanía, y era tan placentero que dolía. Sus brazos eran reconfortantes, la masculinidad que irradiaba potenciaba su feminidad. Sus brazos la envolvían, acercándola más y más, invirtiendo sus papeles con facilidad: ahora era Anton el protector, el que trataba de decirle que todo saldría bien, que su relación podía funcionar.

—¿Facilitaría las cosas que mostrara algún tipo de compromiso…?

—Un diamante no lo solucionará, Anton —dijo—. No es tan fácil. Pero no pensemos en ello ahora… —se apartó de los cálidos brazos y fue a cerrar la puerta con doble sistema de seguridad.

—¿Qué estás haciendo?

—Asegurándola —le tembló un poco la voz, palabras

cargadas de un complicado significado mientras arrastraba el sillón y lo apoyaba contra la puerta–. Para no tener que estar vigilando.

–La doncella vendrá a las...

–He cancelado el servicio –dijo Lydia exhibiendo todo su coraje, mostrándose todo lo asertiva de que era capaz, porque por fin había encontrado en un hombre lo que necesitaba. Un hombre que se encontraba a gusto en su propia piel, seguro de sus habilidades, de su sexualidad; un hombre que no se sentía amenazado por la suya. Se dio la vuelta y lo miró. Las dudas, las preguntas seguían en su mente, pero, a pesar de la lucha interior, a pesar de haber imaginado una y otra vez las peores formas de perderlo, una idea persistía: quería pasar la noche con él.

–Ven aquí –dijo Anton suavemente, utilizando las mismas dos palabras que días antes la habían enfurecido. Pero ahora le estaba pidiendo que se acercara a la cama, no a su mesa, y su voz estaba cargada de deseo, sus ojos colmados de lujuria; no había motivo para sentirse humillada. De hecho, Lydia se dio cuenta de que las dudas habían desaparecido de su mente, de que solo había un intenso deseo que la impulsaba hacia la cama.

Los nervios se apoderaron de ella cuando Anton retiró el edredón y, tomando su mano temblorosa, la atrajo hacia él. La abrazó un momento con gesto tranquilizador, acariciándole el esbelto cuello, explorando con la yema de los dedos el pulso en su garganta, tras lo cual empezó a descender hasta la clavícula y sus bocas se encontraron, por fin.

La desnudó lentamente, saboreando con la lengua lo que iba quedando al descubierto; haciéndola sentir hermosa y femenina con cada beso, con cada tierna palabra. Pero especialmente, hermosa, algo que en un trabajo como el de Lydia, no era fácil. Por mucho que le gustara su trabajo, por mucho que aumentara su adrenalina, a veces lo único que quería era sentirse como una mujer. Y Anton lo conseguía con solo mirarla.

No había prisa en los movimientos de Anton, ni gestos bruscos; la química existente entre ambos, visible y potente. Largos y profundos besos indicaban que aquello estaba bien, tanto que proporcionaron a Lydia el ímpetu para desnudarlo, con dedos temblorosos, ayudada por él, hasta que, finalmente y por primera vez, estuvieron cara a cara desnudos.

Sencillamente, era más hermoso de lo que ella hubiera podido imaginar. Sus dedos acariciaron la pálida piel de sus pechos y Lydia notó que se hinchaban en contacto con su mano, con el dedo que dibujaba lentos círculos alrededor del pezón que de inmediato se puso erecto. Lydia se estremecía bajo sus hábiles manos, sometida al placer que tan fácilmente generaba en ella. Su contacto provocaba corrientes eléctricas en su piel. Y aunque su cuerpo anhelaba sentir el contacto, él la hizo esperar, tomándose un largo y tormentoso momento para admirar su belleza desnuda, memorizando cada íntimo rasgo, desde sus ingobernables rizos rojos desperdigados sobre la almohada hasta los rizos dorados de su pubis.

Debería haberse sentido horriblemente insegura, incluso avergonzada, pero, en su lugar, la mirada de adoración en su rostro la hizo sentir hermosa. Cerró los ojos con placer desmedido cuando Anton se inclinó sobre su pecho y comenzó a trazar dibujos con la lengua donde antes habían estado sus dedos. Su mano no se quedó quieta, pero esta vez se aventuró a un lugar más íntimo, introduciendo los dedos entre sus cálidos pliegues. Pequeños gemidos escaparon de su garganta mientras Anton seguía moviendo los dedos lenta pero rítmicamente alrededor de su oculta joya. Notó la lengua cálida jugando con los hinchados pechos y a continuación el roce de sus piernas musculosas cuando abrieron las de ella, sujetando con ambas manos sus nalgas, y se introdujo en ella, colmándola de forma exquisita.

Largos y deliberados movimientos la consumían, el cuerpo de él deslizándose sobre el de ella, tensión contra tensión, sin concesiones. Estaban absortos por completo, tomándose su tiempo, deleitándose en la sensación del cuerpo del otro, juntos en una deliciosa unión, moviéndose al unísono, al golpeteo de sus caderas contra las suyas. Lydia sintió que sus piernas se estremecían, que su cuello se arqueaba, que una oleada de calor ascendía por su espalda y cedió sin remedio. Su cuerpo entero se estremeció al tiempo que Anton embestía con fuerza, diciendo su nombre en voz alta, arrastrado aún más dentro de ella por efecto de sus contracciones orgásmicas, hasta que él también cedió, nada más por dar, nada por recibir.

Exhausto y saciado pero aún dentro de ella, Anton rodó con ella hasta quedar de lado, sus ojos fijos en los de ella. Ni siquiera intentaron hablar mientras dejaban que sus cuerpos enfebrecidos bajaran a la tierra juntos, conscientes de que el placer había sido mutuo.

—Será mejor que me levante —susurró Lydia al cabo de un rato, pero Anton no quiso ni hablar de ello.

—La puerta está cerrada con cerrojo y hay un sillón apoyado contra ella. Nadie podrá entrar sin que nos enteremos.

Nadie podría, se dio cuenta Lydia, relajando los brazos y abandonándose al placer de lo que aún quedaba de la que podría ser su última noche juntos. Y si el sexo que habían compartido había sido fantástico, dormirse entre sus brazos era una sensación incomparable.

—¿Anton? —levantando la cabeza y parpadeando ante el voraz sol de la mañana, Lydia oyó la suave queja de Anton, sintió cómo intentaba atraerla hacia sí mientras ella trataba de apartarse. Consiguió zafarse y sonrió al ver cómo el pobre luchaba por despertar. Se estiró a su lado, lentamente, aunque sus musculosas piernas se negaban a soltarla. Lydia se deleitó en el capullo cálido e íntimo que creaban sus cuerpos enlazados, y lo miró abiertamente mientras intentaba abrir los ojos azul. Un contraste muy agudo con el súbito despertar del día anterior–. Tu avión sale dentro de un par de horas. Deberíamos pensar en levantarnos –añadió.

–Aún queda mucho –bostezó Anton.

–No –corrigió ella–. Son casi las diez.

–No...

Anton se detuvo, pero, tras mirar el reloj con ojos entornados, no había duda.

–Nunca me quedo dormido –dijo Anton sin poder creerlo.

–Pues lo acabas de hacer –susurró ella, sin resistirse cuando Anton la rodeó con sus brazos.

–Ven aquí.

Lydia cedió un poco al abrazo con la intención de levantarse realmente en un par de minutos. Con la mejilla apoyada donde, tan cómodamente, había dormido, contra su torso, se permitió saborear el lujo de sentirse arropada por él. El rítmico latido de su corazón contra su oído comenzó a cobrar velocidad cuando ella le acarició perezosamente el sedoso vello que se arremolinaba en sus pezones oscuros. Lydia notó que se tensaba bajo su contacto y el maravilloso aroma de Anton inundó su nariz; la última nota de alcohol del perfume había ya desaparecido dejando en su lugar un aroma aún más embriagador, ácido y sensual: la potente fragancia de la intimidad compartida, de *su* intimidad compartida.

Los horarios no importaban; Lydia mimó su sentido del gusto moviendo la boca solo unos deliciosos centímetros, dejando que su mata de pelo cubriera el torso masculino, rozando con labios ardientes en busca del pezón inflamado.

Anton dejó escapar un gemido gutural cuando notó los diestros movimientos. Lydia se mostraba descarada, empujada por el deseo que había despertado en él. El contacto con el vello de sus piernas aumentaba su propia excitación, y, entonces, se montó sobre él, suavemente, notando la erección mañanera de Anton contra la suave piel de sus muslos, y se movió un poco para acomodarse.

Mirándolo fijamente con sus ojos ambarinos, se deslizó sobre él y ambos cerraron los ojos de placer dejando que la calidez de su contacto los llenara.

Fueron más despacio esta vez, tomándose tiempo para conocerse más, no había prisa por alcanzar esa voluptuosa cumbre. Anton la sujetaba clavando los dedos en sus nalgas, explorándola con su lengua, saboreando su dulce piel, mordiendo su deliciosa fruta mientras ella se movía sobre él, codiciándolo aunque lo estuviera poseyendo. Habría sido muy fácil dejar que Anton la hiciera ascender a la cumbre del placer, pero el sonido de su busca rompió el hechizo.

Lydia hizo una mueca de fastidio y Anton trató en vano de que lo ignorara.

—Tengo que contestar.

—No tienes que hacerlo –gruñó él, pero el hechizo ya estaba roto.

Lydia se estiró sobre la cama, alcanzó el maldito aparato y marcó el número en su teléfono mirando hacia el techo con gesto resignado al ver que Anton hacía lo mismo.

—Graham y John están subiendo –dijo Lydia sin emoción alguna mientras se ponía los pantalones del chándal y se peleaba con el broche del sujetador–. Será mejor que te vistas.

—Y tú también –susurró Anton ayudándola con manos diestras con el sujetador. Le dio un beso en el hombro y, cuando Lydia se inclinaba a recoger su camiseta, le preguntó por última vez–: ¿Vendrás?

–¿Te quedarás? –dijo ella mientras se ponía la camiseta, agradecida de tener la cara cubierta al hacer la pregunta más difícil de su vida.

Un toque en la puerta. Mirando por la mirilla, Lydia notó que su tiempo íntimo se escapaba como el aire de un globo.

–Diles que se vayan –dijo Anton–. Y hablaremos.

Tras decirlo se dirigió al cuarto de baño y Lydia dejó entrar a sus compañeros, escuchando con atención mientras la ponían al día.

–¿Dónde está? –preguntó Graham, examinando con atención la habitación. Se percató de la cama revuelta y Lydia se apresuró a contestar para distraer su atención.

–Está en la ducha –dijo ella, encogiéndose de hombros.

–Pues será mejor que salga. Su vuelo sale en una hora.

–No soy su cuidadora –señaló ella–. No parece tener prisa por tomar el avión.

–Pues será mejor que lo haga –dijo John Miller con brusquedad–. A mediodía, termina el dispositivo de seguridad, así que, cuanto antes lo llevemos al aeropuerto, mejor.

–¿Por dónde íbamos? –dijo Anton, sonriendo brevemente cuando se quedaron a solas–. No creo que tenga más opción que irme, Lydia.

–Lo sé.

Sentada en la cama revuelta, pasándose los dedos por el pelo, Lydia dejó escapar un suspiro, mientras observaba a Anton, que abría una enorme maleta de piel y empezaba a tirar las cosas dentro. Camisas perfectamente planchadas tratadas como si fueran meros calcetines. Miraba con creciente angustia cómo iba a un lado y otro de la habitación, borrando toda huella de su presencia: guardando su frasco de perfume en la bolsa de aseo, gemelos y peine en su funda. Avanzó sin parar hasta que llamaron a la puerta y Lydia se acercó a la almohada y metió la mano debajo para comprobar que allí estaba la pistola mientras Anton miraba por la mirilla.

—Es el botones —dijo Anton y esperó a que Lydia le diera consentimiento para abrir—. No he terminado —le dijo al chico cuando abrió—. Tendrás que volver más tarde. Llamaré cuando esté listo.

—Puedo hacer la maleta si quiere, señor.

Lydia escuchaba la conversación sintiendo que el mundo entero la presionaba para tomar una decisión. Sus últimos y vitales minutos a solas con Anton se le estaban escapando.

—Me han dicho que hay un coche esperando y que bajara sus pertenencias inmediatamente.

—De acuerdo —contestó Anton con brusquedad, ni remotamente impresionado por las prisas que le estaba metiendo el detective para llevarlo al aeropuerto—. Quedan los trajes. Hay un porta-trajes…

—Yo mismo lo buscaré, señor.

—Y mis cosas de afeitar —añadió Anton y, mientras el botones se ponía a trabajar, él se acercó a Lydia y retomó la conversación—. Háblame, Lydia —insistió—. Dime qué piensas.

Pero no era tan fácil. No podía hablar en presencia de otra persona y, a pesar de lo que le había dicho Kevin, seguía sin fiarse del botones. Vigiló cada movimiento del chico y negó con la cabeza dirigiendo la mirada hacia el motivo de su incapacidad para hablar.

—¿Has encontrado mis cosas de afeitar? —preguntó Anton dándole un billete al chico—. Tómate tu tiempo.

—Claro, señor.

Solos de nuevo, Lydia lo encaró.

—Soy una estúpida —susurró Lydia—. Pensé que, si pudiéramos pasar un par de días juntos aquí, si pudiera enseñarte dónde vivo, las cosas que son importantes para mí, tal vez… —se detuvo, incapaz de explicarse, incapaz de pintar una imagen de futuro sin saber si Anton lo deseaba tanto como ella.

—Podemos hacerlo, Lydia —dijo él con suavidad haciendo brotar una nueva esperanza en ella—. Pero en el momento oportuno…

Se detuvo y Lydia se puso tensa, entornando los ojos en dirección al botones, que salía del cuarto de baño.

—Podrías quedarte aquí un par de días.

La intromisión del botones en una conversación privada hizo que Lydia apretara el arma oculta bajo la almohada en un acto reflejo. Anton se giró sobre los talones, horrorizado ante semejante interrupción. Pero, a pesar de tener su arma sujeta con firmeza, sabía que no podía usarla.

El botones presionaba con una semiautomática la nuca de Anton y, por rápida que fuera ella, sabía que el botones lo sería más aún.

—De hecho, ¿por qué no llamas a tu asistente para decirle que has decidido quedarte unos cuantos días en la cama con tu prostituta?

Por primera vez se dirigía a Lydia dando órdenes a gritos sin dejar de apuntar a Anton.

—Tú. Ven aquí. Siéntate aquí.

El botones le hizo un gesto con la mano libre en dirección a la ventana y supo que tenía que obedecer, por el momento. Solo cuando la situación se calmara un poco, podría hacerse ella con el control. A juzgar por la mirada demente del botones, Lydia se dio cuenta de que no dudaría un segundo en apretar el gatillo, y probablemente no solo con Anton.

—Átale las manos a la espalda —ordenó a Anton tirándole un rollo de cinta adhesiva.

–Hazlo, Anton –dijo Lydia con firmeza, decidida a mantener la calma, y su tono debió convencerlo.

Reticente, Anton tomó la cinta y le ató las muñecas con toda la suavidad posible, dándole incluso un apretón alentador antes de que su captor se impacientara.

–Ahora llama a tu asistente –espetó el botones con duro acento italiano, la frente perlada de sudor, mientras empujaba a Anton con la pistola en dirección al teléfono–. Y dile que te quedas aquí con tu zorra.

–¿Qué demonios quieres? –gruñó Anton, negándose a levantar el teléfono, ajeno aparentemente al peligro de la situación. Se negaba a hacer nada si no recibía respuesta–. ¿Quién eres?

–¿Ni siquiera reconoces a tu propia familia?

–¿Familia? –Anton se burló de sus palabras con aire superior y despreciativo–. ¿*Tú*?

Lydia se percató del tic nervioso en el ojo izquierdo del hombre, vio que la rabia y el odio retorcían los rasgos de su rostro. Deseaba advertir a Anton de que no convenía inflamar la ira de aquel demente, pero cualquier cosa que dijera podía ser peligrosa, podía provocar el pánico del hombre y empujarlo a disparar. Solo podía desear mentalmente que Anton no se enfrentara con él.

Pero era evidente que la mente de Anton no estaba particularmente receptiva. Torció la boca con gesto de desprecio mientras miraba a su captor con aversión.

–Tú no eres un Santini.

–Mi sobrino Dario sí lo es.

Hasta ese momento Lydia no había sentido miedo. Sus acciones estaban propulsadas por la adrenalina, su mente profesional trabajaba a destajo valorando la situación, demasiado ocupada para procesar el miedo, pero ver palidecer a Anton la aterrorizó. Y al escuchar al botones desvelar su identidad se dio cuenta de que la amenaza de la que Anton era objeto no tenía nada que ver con la política ni con el dinero, sino con un sentimiento nacido de la más peligrosa vendetta: puro y simple odio.

—Soy Rico —dijo el botones despectivamente—. Soy el tío de tu hijo.

Capítulo 11

NO ME creerán si digo de pronto que me quedo —no había seguridad en la voz de Anton. Desvió la mirada hacia Lydia y esta vio que tenía la mandíbula apretada, vio la disculpa en sus ojos, y supo que se sentía responsable, supo que Anton tenía miedo, no por él sino por ella—. Si llamo y digo que me voy a quedar en Melbourne unos días sabrán que pasa algo —continuó.

—Entonces será mejor que los convenzas —gruñó Rico.

—Hay un coche esperando… —comenzó a discutir y Lydia supo que tenía que intervenir, que tenía que calmar las cosas y rápido.

—Diles que has cambiado de idea —dijo ella pasándose la lengua seca por los labios, aliviada al ver que Rico asentía—. Tienes que parecer convincente. Y, si te discuten, diles que no es asunto suyo. Es lo que harías en una situación normal.

Lydia observó cómo se acercaba reticente al teléfono y supo que tenía que encontrar la manera de dar el mensaje. La arrogancia de Anton los molestaría, pero no sorprendería a nadie, no despertaría sospechas. Tenía que hacer saber a sus compañeros que tenían problemas.

—Y di que queremos que nos suban bebida —dijo Lydia.

—¡Nadie va a subir! —gritó Rico, furioso ante la sugerencia de Lydia, pero ella se mantuvo firme, hablando sin parar.

–Parecerá más convincente. Diles que quieres que te suban las bebidas, pero que no queremos que nos molesten. Eso es lo que dices habitualmente. Anton, tienes que conseguir que nos crean. Diles que quiero un daiquiri de fresa, con naturalidad.

–Tiene razón –dijo Rico, asintiendo frenéticamente de nuevo–. Tiene razón… Diles que despidan al coche y que te quedas. Diles que suban bebidas, pero que las dejen fuera. Que no quieres que te molesten. Y pon el altavoz del teléfono para que pueda oír la conversación –gritó–. ¡Para que sepa que no haces ningún truco!

Siguiendo la mirada de Anton, Rico vio cuál era su debilidad. Atravesó entonces la habitación y apuntó a Lydia en la cabeza con la pistola.

–Haz lo que te he dicho o la mato.

Lydia notaba los golpes que daba su corazón contra el pecho mientras escuchaba las órdenes airadas de Anton a la recepcionista. Habló con tanta frialdad que no había posibilidad de que al otro lado de la línea notasen su miedo. Lydia hizo una mueca de dolor al sentir el cañón contra la sien mientras la voz de la recepcionista llenaba la habitación.

–¿Cuánto tiempo se quedará, señor Santini?

–Un día… tal vez dos –respondió Anton–. No necesitaré el coche. Dígale al señor Miller que se lo agradezco, pero que no necesitaré el coche para ir al aeropuerto. Yo mismo me ocuparé.

–Enseguida.

–Y haga que nos suban bebidas. Que las dejen fuera… dos cafés… –Lydia notó un nudo en la garganta al escuchar el error, pero afortunadamente Anton se dio cuenta y rectificó–. De hecho, que sea un café y un daiquiri de fresa. Y asegúrese de que está bien hecho, no como el de anoche.

–Haré que lo suban inmediatamente.

–No quiero que me molesten. ¿Queda claro?

Fuera cual fuera la respuesta, no la oyeron. Rico

atravesó la habitación y cortó la comunicación. Empujó a Anton sin contemplaciones hasta una silla y le ordenó que se sentara.

—Manos a la espalda —ordenó.

—Puede que necesite ir a la puerta —dijo Anton, pero Rico no quiso escuchar.

Sujetando la pistola con una mano, le ató las manos con cinta y solo bajó el arma cuando Anton tuvo las muñecas sujetas. Comprobó el estado y aún enrolló más cinta para asegurarse de que no podría soltarse, tras lo cual, con gesto desafiante, le golpeó el rostro con el puño.

Lydia ahogó un grito, viendo que Anton aceptaba el golpe como si lo mereciera, sin decir nada. Abrió los ojos desorbitadamente, horrorizada al ver el cardenal que el anillo dentado de Rico había dejado en su mejilla, vio que sangraba e hizo una mueca de dolor al notar que Rico le ataba los tobillos y luego repetía el humillante acto con Anton.

—¿Qué quieres, Rico? —preguntó Anton, escupiendo la sangre que le había quedado en la boca.

Pero Rico estaba harto de hablar. Se dirigió a la cama y sentó en ella, apuntándolos con la pistola. Aunque Lydia no lo veía, sabía que había odio en sus ojos.

La espera a que llegaran las bebidas fue interminable, y el silencio, ensordecedor bajo la atenta mirada de Rico. Miles de preguntas se agolpaban en la mente de Lydia.

—No te ocurrirá nada —le susurró Anton suavemente.

—Cállate, Santini —gritó Rico, pero Anton no se desalentó.

—Es a mí a quien quiere, no a ti.

«¿Por qué?»

Lydia no lo preguntó, pero sus ojos suplicaban una respuesta. Los apartó de él y le miró el hombro, con la esperanza de que Anton comprendiera el mensaje y dejara de hablar para que Rico se calmara.

Un toque en la puerta hizo que todos dieran un brinco de sorpresa. Rico se levantó de un salto y se colocó a la espalda de ambos. Lydia miró entonces a Anton a los ojos. Casi se echó a llorar de alivio al oír la voz de Maria al otro lado.

—Sus bebidas, señor Santini.

—¡Gracias! —cuchicheó Rico a Anton.

—Gracias.

—¿Necesita algo más, señor?

—Nada —susurró Rico, presionando con la pistola en el rostro de Lydia hasta que Anton repitió la palabra.

—Nada.

Un tenso silencio siguió. Rico permaneció de pie, rígido, detrás de ellos, atento hasta que el sonido del ascensor le dijo que la *doncella* se había marchado. Por primera vez desde que sacara la pistola, se relajó. Encendió la televisión, abrió la nevera y alineó el contenido. Se puso a comer patatas fritas y a beber alcohol. Lydia rogó que continuara, infinitamente agradecida de estar en la suite más lujosa del hotel cuyo bar contaba con botellas de tamaño normal en vez de mini. Con suerte, Rico se emborracharía.

Los segundos parecían minutos.

Los minutos parecían horas.

Cuando el sonido de los dibujos animados llenó la habitación y Rico reía a carcajadas, absorto, Lydia hizo la pregunta que tanto le preocupaba.

—¿Por qué?

—Está enfermo —dijo Anton con calma—. No lo había visto nunca, Lydia.

—¿Por qué te odia si nunca te ha visto?

—Conozco a su hermana.

No era necesario que diera más explicaciones. Un vistazo a su rostro golpeado le bastó a Lydia para adivinarlo: la única mujer por la que había sentido algo parecía entrometerse entre ellos, unida de manera inextricable a ellos en aquella horrorosa pesadilla.

–¿Cara? –susurró con voz ronca–. ¿Y quién es Dario?

Viendo sus ojos y el tiempo que tardó en responder, supo que Anton no estaba mintiendo.

–Dario es el hijo de Cara.

Alguna de la preguntas que se hacía obtuvieron respuesta. Por ejemplo, por qué Rico siempre había hablado en inglés, no quería que Anton reconociera el acento de su misma ciudad. Y muchas otras piezas encajaban: el asco que le había demostrado Rico a ella en el restaurante, su reticencia a llevarle las bolsas o a salir de la suite aquella mañana. La corazonada que había tratado de racionalizar, de explicar a sus compañeros, tenía fácil explicación ahora, viéndolo en retrospectiva.

Impotente, terriblemente afligida, observó al hombre que tenía delante, el hombre que hora tras hora aguantaba el demencial vapuleo de Rico sin rechistar. Contempló su bello rostro ensombrecido por los cardenales, sus astutos ojos prácticamente cerrados por la hinchazón, y trató de pensar en una manera de sacarlos de allí, trató de mantener sus sentimientos al margen mientras él intentaba mantener erguida su digna cabeza, a pesar de la horrible situación, encontrando la fuerza para asegurarle que estaba bien tras las diatribas de Rico, intentando reconfortarla.

El timbre del teléfono rompió el silencio y Rico se levantó para llevarle el auricular a Anton. Lydia sentía que el corazón iba a salírsele del pecho previendo, sin duda, la funesta reacción de Rico al ver que la policía conocía la situación.

–Quieren hablar contigo.

–¿Conmigo? –Rico le arrancó el teléfono a Anton y estalló en otro demencial ataque de ira. Se puso a maldecir por el auricular, tras lo cual colgó de golpe y se dirigió a la cama nuevamente. Se apoyó contra el cabecero.

Por primera vez, Lydia lo oyó hablar en italiano.

Pero el idioma perdió toda su belleza en sus agitadas palabras, alentadas por el odio.

—*Dicono che vogliano parlare, vogliano negoziare!*

Y, a pesar del poco dominio que Lydia tenía de la lengua, comprendió lo que Rico decía, sabía lo que sus compañeros le habrían dicho.

—Habla con ellos —le imploró Lydia—. Pueden ayudarte.

—¿Cómo lo saben? —le preguntó Rico.

—Simplemente lo saben, Rico —dijo Anton con calma—. Y tendrás que ocuparte de ello. Así que habla con ellos. Diles lo que quieres.

—No hay nada de lo que hablar —espetó Rico—. Porque no hay nada que negociar.

El teléfono sonó y sonó. Hasta Lydia quería que dejara de sonar. Deseaba que todo el mundo se fuera y la dejaran dormir, cerrar los ojos a esa pesadilla.

La oscuridad inundaba la habitación, pero Lydia sabía que amanecería pronto.

—Tengo que ir al cuarto de baño —la súplica estrangulada sacó a Rico de su sueño irregular.

—Pues ve —se mofó Rico—. ¡Hazlo en tu sitio!

—Por favor —suplicó Lydia—. Tengo que ir al cuarto de baño.

—Hazlo aquí —dijo Anton con suavidad, los labios hinchados y los ojos dos pequeñas ranuras en su maltrecha cara—. No te avergüences. No puedes hacer nada.

—Por favor —suplicó Lydia nuevamente, percatándose con alivio de que, si Anton creía que era cierto, entonces Rico también lo haría—. Tengo que ir al cuarto de baño, Rico. Déjame ir, por favor. Estoy con el periodo. No puedes dejarme aquí sentada...

Lydia sabía que lo único que ablandaría a Rico era decirle que tenía el periodo.

—*Periodi mestruali* —dijo Anton bruscamente al tiempo que Rico recuperaba el tic en el ojo—. Déjala ir al baño, por Dios.

Agradecida, Lydia miró a Anton mientras Rico le desataba las manos y a continuación los tobillos. Movió los labios y formó una sola palabra: «Espera».

Por fin en el baño, sabía que solo tenía segundos. Echó un vistazo a los efectos que había en el cuarto de baño, abrió los grifos y se sentó en el retrete, atenta a la puerta entornada, consciente de que Rico estaría pendiente del tiempo.

Con la cuchilla de Anton, se rasuró las muñecas. Después tiró de la cadena y tomó el acondicionador de cabello, y se masajeó las muñecas.

—¡Fuera! —gritó Rico, entrando como una furia en el baño. La sacó de allí del pelo, y la obligó a sentarse antes de atarle las manos con la cinta nuevamente. Se detuvo al oír el teléfono y Lydia comprobó con alivio que había olvidado atarle los tobillos.

—¿Por qué no contestas? —sugirió Lydia—. Seguro que no te hará daño oír lo que te ofrecen.

—¡No me importa lo que me ofrezcan! —gritó Rico.

—Si realmente no te importa, no contestes —dijo Anton con calma, la voz provista de un fino velo de mofa.

Y cuando Lydia ya pensaba que no lo haría, Rico descolgó el auricular y puso el altavoz.

—¡Rico! —la voz de John Miller implorando que se calmara—. Sabemos que estás enfadado…

Lydia centró su atención entonces en las muñecas. El acondicionador había creado una capa resbaladiza y podía mover las manos mientras Rico gritaba al teléfono, que terminó colgando bruscamente.

—Rico —la voz de Anton parecía increíblemente calmada—. ¿Por qué no dejas que Lydia se vaya para que podamos hablar?

—¿Para sobornarme?

—Si es lo que quieres.

–De verdad piensas que todo se arregla con dinero –dijo Rico con desprecio–. Que tu abultada cuenta bancaria salvará tu alma. Pues no será esta vez, Anton –le golpeó la mejilla con la pistola y Lydia ahogó un grito.

–¿Qué quieres de mí? –preguntó Anton en un susurro.

–Verte sufrir. Ni más ni menos.

–Deja que Lydia se vaya entonces –repitió Anton con calma.

Lydia miró entonces a Rico, aterrorizada ante la posibilidad de dejar a Anton a solas con su demente captor.

–Se queda –la respuesta de Rico era inequívoca, pero Anton exigió una explicación.

–¿De qué te servirá a ti? –preguntó Anton y, a pesar de la palidez de su rostro y la sangre, y de estar maniatado, seguía mostrando una inexplicable dignidad. Su presencia seguía siendo rotunda, su voz firme, tratando de razonar con lo imposible–. Dices que quieres verme sufrir. ¿En qué te beneficiará que ella se quede? La policía te dará un trato más favorable si la sueltas, y es a mí a quien quieres ver sufrir. Deja que Lydia se vaya…

–No me estás escuchando –la voz de Rico rozaba ya la histeria. La rabia y el odio llameaban en sus ojos, pero Anton ni se inmutó–. He dicho que quiero verte sufrir.

–Te he oído –dijo Anton razonablemente, pero solo sirvió para encender a Rico aún más.

–Creo que no lo comprendes –gritó Rico.

–Lo estoy intentando.

Lydia vio que Anton trataba de enfocar con los ojos hinchados, luchando contra el dolor, la náusea, el cansancio. Se humedeció los labios resecos, la frente estaba perlada de sudor. La sangre cubría no solo el cuello del albornoz sino toda la parte de los hombros y el pecho. Lydia sabía que tenía que hacer algo. Sabía que no morirían de un balazo, sino lentamente. El dolor y las heridas que Rico les había estado infligiendo durante casi un día y una noche estaban acabando con sus vidas.

–Tienes que detener la hemorragia –dijo Lydia a Rico, tratando de aparentar calma–. Tienes que ejercer presión sobre sus mejillas, Rico, vendárselas. Está perdiendo mucha sangre.

–Cállate –la bofetada le laceró la mejilla, pero Lydia estaba demasiado entumecida para sentir el dolor–. No sabes lo que es el dolor, Anton Santini, así que te lo enseñaré. Sufrir es ver cómo a alguien a quien amas le arrebatan toda dignidad, es verla llorar día y noche, es ver a Cara...

–Háblame en italiano –la voz de Anton le causó a Lydia un escalofrío.

–¿Por qué? –se mofó Rico–. ¿Tienes miedo de que te desprecie cuando sepa la verdad sobre ti?

–Hablaremos de esto en italiano –dijo Anton en voz alta, pero Lydia percibió que flaqueaba. El miedo que sentía aumentó cuando, por primera vez desde que los secuestrara, vio el miedo en los ojos de Anton–. ¡Hablaremos en italiano porque Lydia no tiene nada que ver con esto!

–Ya lo creo que tiene que ver –dijo Rico con suavidad–. Te importa, más que tú mismo, más de lo que te importó mi hermana jamás. Y ya te lo he explicado antes, quiero verte sufrir.

Lydia notó el frío cañón de la pistola contra su pecho, pero el tacto del sólido metal no podía compararse con el asqueroso tacto de Rico, el contacto de sus brutales dedos en la mejilla, en el golpeado labio inferior.

–Es muy hermosa.

–No la toques –dijo Anton con un hilo de voz, pero sus palabras cayeron en saco roto.

Rico fijó sus ojos dementes en Lydia aunque sus palabras iban dirigidas a él.

—¡Cuéntaselo! Cuéntale cómo le hiciste el amor a mi hermana, cómo le prometiste amor eterno, que te casarías con ella. Cuéntale cómo lloraste de alegría cuando nació vuestro hijo, cuando lo tuviste en tus brazos por primera vez…

—Rico, podemos hablar de esto. Puedo explicarlo…

—Pues hazlo —espetó Rico—. *Explica* cómo te diste media vuelta dejando a tu hijo enfermo, a las puertas de la muerte. Le dijiste a Cara que no estabas preparado para ser padre y le diste un cheque. ¡Explica eso si puedes!

No era la pistola ni Rico lo que asustó a Lydia entonces, sino la respuesta de Anton. Lo miró suplicándole que negara las acusaciones, que le dijera que el hombre a quien había comenzado a amar nunca abandonaría a una mujer de forma tan cruel y mucho menos a su propio hijo.

—No puedo —se limitó a decir Anton.

—Te odio, Santini —susurró Rico con tono amenazador—. Te he seguido desde aquel día, he vigilado todos tus movimientos a la espera de que llegara este momento.

—¿Por qué aquí? —Anton clavó la mirada en Rico—. ¿Por qué ahora?

—Ya has deshonrado a mi hermana bastante, así que he decidido ocuparme yo de ti. No deshonrarás más a nuestro pueblo porque *voy* a saldar las cuentas pendientes aquí y ahora.

—Estás enfermo —Anton consiguió que su voz sonara uniforme—. Rico, no estás bien, necesitas ayuda. Esta no es forma de tratar los asuntos pendientes.

—Pues yo creo que sí. Te odio, Santini. Odio la forma en que tratas a las mujeres, la forma en que trataste a mi hermana, la forma en que abandonaste a tu hijo. Llevo mucho tiempo odiándote y ahora te voy a mostrar cuánto…

—No podrás salirte con la tuya —interrumpió Anton—. Este sitio está lleno de policías.

–Pero estoy enfermo –la sonrisa de Rico era pura maldad–. Tú mismo lo has dicho. Eso significa que no soy consciente de nada. ¿Cómo puedo ser responsable si no sé lo que hago?

–Deja que Lydia se vaya –dijo Anton con voz nítida–. Te equivocas en una cosa, Rico. Esta mujer no me importa. No es una de mis amantes; es policía…

–¡Mientes!

–Mira debajo de la almohada si no me crees –rugió Antón–. Encontrarás su pistola. No significa nada para mí. Su trabajo es vigilarme. Puedes creer lo que quieras, Rico, a mí me da igual. Moriré de todas formas. Pero piensa en ello. Piensa a lo que tendrás que enfrentarte si matas a un policía. Para mí ella no significa nada –repitió nuevamente, fingiendo plena convicción.

–¿Igual que no te importaba mi hermana?

–Igual –Anton miró a los ojos a su captor.

–¡Rico!

La voz proveniente de un megáfono al otro lado de la puerta, en el pasillo, no hizo sino exacerbar la tensión. Era una voz fuerte y la pistola tembló agitadamente en la mano de Rico mientras jugaban con su frágil mente.

Lydia sabía que no aguantaría mucho más. En un esfuerzo salvaje trató de liberar sus muñecas, sin pensar en la piel magullada. Se las frotó y se concentró en mantener un rostro impasible.

–Tenemos a alguien al teléfono que quiere hablar contigo. Si no descuelgas, pondré el altavoz.

Rico gritó en el ambiente enrarecido, sus actos cada vez más impredecibles.

–Rico…

Los sollozos que llenaron el aire lo detuvieron y una suave voz de mujer invadió la habitación. Alentaba a Rico en italiano a que descolgara el auricular, a que hablara con ella y pusiera fin a esa locura. Cada palabra de la mujer parecía inflamarlo más. Rico caminaba arriba y abajo ahora, gritando, y Lydia deseó que todos se fueran y dejaran que ella se ocupara. No era la reacción de Rico lo que le preocupaba, sino la de Anton. Vio que la firme máscara caía por fin y gruesas lágrimas rodaban por sus mejillas, diciéndole que la mujer que hablaba era Cara.

Rico dio una patada al teléfono y terminó agachándose para descolgarlo. Por un segundo, Lydia tuvo la esperanza de que Cara arreglara la situación, pero las palabras de Anton acabaron con toda esperanza.

–No descuelgues, Rico. Habla conmigo, no con ella.

–¿Anton? –preguntó Lydia absolutamente desconcertada–. Rico necesita hablar con su hermana...

–Cállate –gruñó Anton, con la misma rabia que Rico poco antes, solo que esta vez dolía mucho más. Lydia retrocedió en la silla, totalmente confusa. Veía que todos los caminos estaban cortados mientras Anton proseguía con su ataque verbal–. Esto no tiene nada que ver contigo.

–Eso, cállate –dijo Rico con desprecio–. Tengo que pensar.

–Es incapaz de estarse quieta –Anton continuó mofándose–. Entrometiéndose todo el tiempo, diciéndome lo que se supone que tengo que hacer.

El delirio, la paranoia que parecía nublar la mente de Lydia cedió un ápice al darse cuenta de que Anton lo estaba haciendo a propósito, que trataba de sacarla de allí antes de que Rico sucumbiera a la creciente presión, antes de que alcanzaran el sangriento clímax que sobrevendría cuando Rico hablara con Cara. Pero Lydia no quería conseguir la libertad a ese precio. Su trabajo era proteger a Anton, no dejarlo a merced de aquel loco. Anton se equivocaba. Cara era su única esperanza, razonó Lydia.

–Habla conmigo, Rico –presionó Anton un poco más–. No escuches a Cara. No dejes que te convenza para que no hagas lo que has venido a hacer. Pelea conmigo, hombre a hombre.

–Habla con Cara, Rico –suplicó Lydia, lanzándole una mirada autoritaria a Anton mientras seguía tratando de liberarse–. No escuches a Anton. Abandonó a tu hermana. ¿Por qué habrías de escuchar a un hombre que abandonó a su propio hijo? –sus palabras eran demasiado duras, pero las dijo porque sabía que eran su única baza–. Escucha lo que Cara tiene que decirte.

Vio que Rico flaqueaba y, aunque lo despreciaba, una chispa de comprensión hacia él prendió en ella al ver el dolor, la confusión de sus ojos, el miedo. Entonces, sus manos se soltaron por fin y supo que tenía que hacer algo o todos morirían.

Lanzándose hacia delante, se tiró sobre Rico y lo obligó a caer al suelo. Notó entonces un profundo dolor al golpearse la cabeza con el suelo pero lo ignoró. Solo notaba la tensión de Rico mientras ella trataba de recuperar el control. Entonces sonaron los disparos, y después un grito, el suyo, que invadió la habitación al oír cómo Anton caía al suelo con un golpe seco.

Ella solo podía seguir allí, conteniendo los esfuerzos de Rico por liberarse; no se movió ni siquiera cuando sus compañeros entraron en tromba en la habitación y se hicieron cargo. No se soltó ni siquiera cuando notó las manos de Kevin en los hombros, tranquilizándola. Solo se dejó ir cuando notó que la escena empezaba a nublarse. Y perdió el conocimiento.

Capítulo 12

ESTÁS bien –Graham la miraba fijamente, un rostro familiar pero extraño, y Lydia se esforzó por ubicarlo, pero no parecía encontrar el lugar de su vida al que pertenecía.

–¿Me han disparado?

–No. Has perdido el conocimiento. Te diste un fuerte golpe en la cabeza y el médico dice que sufres una conmoción, pero no te disparó.

–¿Y Anton? –su voz tembló al pronunciar su nombre. Le horrorizaba la respuesta, pero tenía que saberlo.

–Está bien… o lo estará dentro de poco. Le están dando puntos y administrando fluidos intravenosos…

–¡Le disparó!

–No le disparó –Graham parecía irritado–. La bala apenas le rozó el brazo.

–Tiene razón –el fuerte e inconfundible acento llenó la habitación y, aun vestido con el camisón verde del hospital, seguía estando imponente, aun con la nariz rota y un montón de puntos en la mejilla. Simplemente hermoso.

–¿Qué le ha ocurrido a Rico? –la voz de Lydia flaqueó y trató de mantenerla firme. Sabía que Graham pensaría que se estaba ablandando, pero le daba igual. Rico era un enfermo y necesitaba ayuda.

–Está encerrado –dijo Graham–. Menos de lo que merece. Sabíamos que tenías problemas antes de la llamada. Recibimos una información con su historial psiquiátrico. Es de la misma ciudad que Santini y te estábamos llamando para avisarte cuando recibimos tu

mensaje –Graham torció el gesto con ira reprimida–.
Si por mí fuera...

–Está enfermo, Graham –interrumpió Lydia.

–No me pidas comprensión para él –replicó Graham tomándole la mano–. Por un momento pensé que te había perdido, Lydia.

Apartando la mano, lo miró de frente.

–Hace mucho que me perdiste, Graham.

–Lydia… Estás exhausta. Has pasado por un infierno. En un par de días...

–Seguiré sintiendo lo mismo –interrumpió Lydia.

Decir adiós a Graham fue lo más fácil del mundo porque sabía que no lo amaba. Pero, una vez a solas, sabía que había llegado la parte difícil: decir adiós a alguien a quien siempre amaría.

–El verde no te favorece.

–Créeme, no tengo la intención de quedarme mucho –dijo él con tono serio–. ¿Quieres saber cómo está Rico?

–Sé que no debería –Lydia cerró los ojos y vio su rostro torturado–. Pero está enfermo.

–Muy enfermo –convino Anton–. Al parecer ha ido siguiendo todo mi itinerario, trabajando en cada hotel durante un par de meses antes de mi llegada. Y para mi desgracia, nunca lo reconocí.

Lydia quería preguntar por qué, pero no tenía fuerza para enfrentarse a la respuesta.

–He estado hablando con su psiquiatra de Florencia…

–¿Florencia?

–Se mudó allí hace un tiempo. También le he conseguido un buen abogado. Rico tendrá pronto la ayuda que necesita –guardó silencio y Lydia deseó que continuara, que negara las acusaciones de Rico–. Angelina ha pasado por aquí. Te manda recuerdos. Está sacándome un billete de avión…

–¡Acaban de dispararte! ¿No estarás pensando en volar?

—No me han disparado. Solo me ha rozado el brazo.

Sentándose en la cama, le tomó la mano y la acarició antes de llevársela a los labios, los ojos llenos de lágrimas.

—Ni siquiera lo sentí. Me caí de la silla porque, al parecer, había perdido mucha sangre. Me desmayé. Te oí gritar y pensé que estabas muerta.

—¡Yo pensé que *tú* estabas muerto! Pero los dos estamos bien.

—No, Lydia, no es así —le sostuvo la mirada con sus ojos oscuros. Su voz, colmada de un profundo pesar—. Me voy a Roma esta noche.

—¿Esta noche? Pero no estás recuperado… —aunque no fuera la razón por la que no debía irse era la única que podía aducir. Sus sentimientos la convertían en una mujer sensible.

—Estoy bien. Iré en primera, dormiré todo el camino. Tengo que irme. Tengo que ocuparme de algunos asuntos. He dejado unos asuntos pendientes.

Rendida, se reclinó en la almohada, demasiado cansada para comprender la magnitud de la pérdida.

—No habría funcionado —dijo Anton con una sonrisa pesarosa.

Le acarició la mejilla y Lydia debería haberlo apartado, debería haberle dicho que ella nunca podría estar con un hombre que se refería a su hijo como *asunto pendiente* pero no le quedaban fuerzas.

—Supongo que tendrás que seguir buscando —añadió.

—¿Buscando?

—Al hombre que pueda aceptar tu trabajo. Especialmente después de… Simplemente, no creo que yo pudiera hacerlo.

Lydia retiró la cabeza.

—No tienes que aceptar nada, Anton, porque no es asunto tuyo. Y ahora, ¿podrías dejarme sola?

Capítulo 13

LISTA para los informes? –preguntó Maria, asomando la cabeza por la puerta del cuarto de baño.

–Claro. Voy en un minuto.

Lydia se echó agua fría en la cara y, tras inspirar hondo, se dirigió a la sala donde se daban los informes de los casos.

–¡Un caso para las damas! –dijo Kevin cuando Lydia entró en la sala y se sentó junto a Maria–. Hay un nuevo chulo que anda por ahí pavoneándose y causando problemas entre los habituales. Pondremos a un agente de incógnito, profundamente encubierto.

–¿Cuánto? –preguntó Graham cuando los inevitables vítores y burlas llenaron la habitación.

–Lo suficiente, chicos –Kevin hablaba en serio–. Podría ponerse feo. No hace falta que me recordéis los últimos tiroteos. Naturalmente, cercaremos la zona con agentes, haremos todo lo posible para asegurar la protección…

–Yo lo haré –Maria levantó la mano al tiempo que observaba a los presentes con sus ojos color chocolate. Estaba claro que esperaba que Lydia se le hubiera adelantado–. Yo lo haré –repitió, frunciendo el ceño ante la falta de reacción de su amiga.

Lydia consiguió acabar la reunión a duras penas, pero, cuando se disolvió el grupo, su jefe la retuvo.

–¿Va todo bien, Lydia?

–Todo bien, Kevin –agradeció que los términos fueran personales, porque eso significaba que la conversación no saldría de allí–. Sé que esperabas que levantara la mano, sé que normalmente...

–Has pasado por un secuestro, Lydia –dijo Kevin con suavidad–. Es normal que haya repercusiones.

–¿Después de seis semanas? –Lydia clavó unos angustiados ojos en los de su superior–. Han pasado seis semanas y sigo repasando en mi cabeza lo ocurrido.

–Y seguirás haciéndolo después de seis años –dijo Kevin, dándole un alentador apretón en el brazo–. Puede que no tanto, pero nunca lo olvidarás.

Eso era lo que más miedo le daba. Esperaba que llegara un día en que consiguiera dejarlo atrás. Y por mucho que Kevin pensara que lo comprendía, no era verdad. Al igual que hacía con la psicóloga que la estaba tratando, Lydia se guardaba el dolor para sí.

–¿Sigues viendo a la psicóloga?

–Podría decirse que sí –las lágrimas asomaron a los ojos de Lydia, pero las apartó–. Es muy buena, pero…

–¿No consigue dar con ello? –dijo Kevin y Lydia asintió–. Vete a casa, Lydia. Tómate el resto del día libre, el resto de la semana. Tómate todo el tiempo que necesites.

–Ya me he tomado días libres. Pensé que volviendo al trabajo las cosas mejorarían.

–¿Y ha sido así?

–Durante un tiempo, sí –tragó con dificultad–. Es solo que… –sacudió la cabeza, incapaz de hablar de ello.

–Vete a casa –ordenó.

–¿Y después qué?

–Eso depende de ti –dijo Kevin suavizando el tono–. Tómate tu tiempo, Lydia.

Cuando bajó del tranvía, hasta el tramo de calle que tenía que recorrer le pareció un mundo. Arrastrando los pies sobre el pavimento caliente, apretó los ojos para protegerlos del sol.

Ahora lo comprendía. Comprendía el rechazo de Anton a aceptar su trabajo. Comprendía el miedo que lo atenazaba, porque ahora también lo sentía ella.

Pero la decisión que estaba barajando, la idea de dejar el trabajo, no tenía nada que ver con él sino con ella.

Anton se había ido. Así que, buen viaje.

Cuadrando los hombros, Lydia apretó el paso. ¿Cómo podría respetar a un hombre que había abandonado a su propio hijo?

Lydia buscó las llaves en el bolso tratando de recordar un poema que había aprendido mucho tiempo atrás. Decía algo así como «amarte fue delicioso, pero odiarte lo es mucho más».

–Lydia.

Tan segura estaba de que eran imaginaciones suyas que ni siquiera se dio la vuelta. Metió la llave en la cerradura y la giró, deseando que las imágenes que la perseguían la dejaran en paz de una vez.

–Lydia.

Pero no eran imaginaciones. En ellas, él siempre iba vestido con traje, inmaculado. Y allí estaba, sin afeitar y desaliñado, vestido con vaqueros y camiseta, el pelo revuelto.

Y más guapo que nunca.

–Creía que estabas en Italia –dijo con voz uniforme sorprendentemente a pesar de que el corazón parecía que iba a salírsele del pecho. El letargo en el que vivía desapareció conforme abría la puerta y lo dejaba entrar en su pequeña casa. Se dio cuenta de que Anton observaba con ojos enrojecidos por el cansancio el desastrado sofá que llevaba tiempo queriendo cambiar, la montaña de cojines que lo cubría, las numerosas fotos que se alineaban en todo espacio posible y el polvo que se había acumulado.

–Fui a casa –Lydia no respondió. Se limitó a acercarse al sofá y retiró unas revistas para que se sentara. Anton se explicó–. Fui a ver a mi familia.

—Y a Cara.

—Y a Cara —asintió, sentándose—. ¿Qué has hecho desde que...?

—Trabajar —interrumpió ella—. Siempre hay mucho trabajo. Me tomé unos días libres después de... —ninguno era capaz de referirse al infierno que habían pasado—. No me ayudaron. Me pasaba el día sintiendo lástima de mí misma, reviviendo lo que pasó.

—¿Y lo que podría haber pasado? —preguntó él con gran agudeza, pero Lydia sabía que no se refería a ellos, sino al terror que sobrevino. Aunque le doliera verlo, sería angustioso volver a decirle adiós porque, en ese momento, se alegraba de poder pasar cinco minutos en la misma habitación con la única persona del mundo que sabía por lo que había pasado.

—Sabía que tenía que volver al trabajo. Volver a subirme al caballo, como se suele decir.

—¿Subir al caballo?

Y ambos se echaron a reír.

—Es un decir, Anton. Cuanto subas de nuevo al caballo tras la caída...

—Gracias a Dios —Anton sonrió abiertamente—. Por un momento pensé que estabas en la policía montada. De hecho, ahora que lo pienso, estarías estupenda a caballo...

La broma terminó ahí, con una ligera sacudida de su cabeza que le dio a entender a ella que no podía tomárselo a la ligera.

—Es tu trabajo —dijo con voz más recia y Lydia le agradeció que no fingiera tratar de comprender.

—Así es.

Se hizo una terrible pausa en la que cada uno esperó a que el otro hablara. Lydia esperaba que le dijera pronto lo que había ido a decirle y se marchara para que ella pudiera recoger los añicos de su vida.

—Tienes una casa bonita.

Era odioso aquel forzado intento por su parte de mantener una conversación. Casi deseó que no hubiera ido.

–¿Cómo está Dario? –Lydia lo vio palidecer, vio cómo la culpa se apoderaba de él, y agradeció ser ella la que tenía el control de la situación.

–Precioso –le temblaba la mandíbula de la emoción–. Cara me enseñó fotos. He abierto un fideicomiso para que pueda ir a la universidad.

–¡Eso es genial! –dijo ella, tratando de ocultar la amargura de su voz–. Basta con que agites la chequera y todo se arreglará.

–Lydia...

Incluso oírle pronunciar su propio nombre le parecía irritante. Furiosa se enfrentó a él.

–No trates de justificarte ante mí, Anton. ¡No te atrevas a justificarme el hecho de abandonar a tu propio hijo!

Nunca habría imaginado ser capaz de reducirlo a aquello; capaz de hacer que aquel hombre tan bello y tan vital, se derrumbara delante de ella. Pero aquel rostro orgulloso y digno se derrumbó, y sus ojos azules se llenaron de lágrimas mientras pronunciaba algo que nunca se le habría ocurrido pensar. ¡Y se le habían ocurrido muchas cosas!

–Él no es mi hijo.

Y había tanto dolor detrás de esas palabras que, en aquel momento, lo creyó; supo que no mentía al ver la angustia de su rostro. Había entrevistado a muchos testigos en su vida, había visto cómo la gente quedaba abrumada por los sentimientos. Y si algo le habían enseñado, era a reconocer la verdad.

–Por eso no quería que Rico levantara el teléfono, por eso le dije que hablara conmigo en vez de contigo. Sabía que, si Cara le revelaba el secreto, se volvería loco y terminaría con los dos.

Lydia cayó de rodillas y le tomó las manos mientras él le contaba toda la historia.

—Creía que Dario era mi hijo. Pensé que era mío —le sostuvo la mirada—. Dejó que lo amara como si lo fuera. Y yo lo hice, Lydia. Lo amé más de lo que había creído posible amar a nadie… —su rostro se contrajo de dolor, frotándose las sienes con los puños al revivir su íntima aflicción.

Lydia no sabía qué decir para aliviar aquella dolorosa verdad.

—Hace casi dos años, me tomé cuatro semanas libres —la voz de Anton sonaba distante, casi desprovista de emoción, pero su cuerpo estaba rígido—. Nunca antes me había tomado cuatro semanas libres, *nunca* —puso énfasis en aquella palabra para asegurarse de que Lydia comprendía lo raro del acontecimiento—. Pero un viaje a Estados Unidos se canceló en el último momento y de pronto me quedé con cuatro semanas libres. Y decidí ir a casa. Aunque vivo en Italia, rara vez voy a mi pueblo. A veces me siento culpable por ello, así que decidí aprovechar el tiempo de la mejor manera, viendo a mi familia.

Notó que relajaba un poco los hombros y su rostro se suavizaba un poco, al recordar el comienzo del sueño que se había convertido en una pesadilla.

—Mi madre hace muy bien dos cosas: cocinar y hablar y, créeme Lydia, no es un comentario machista. ¡Es estupenda haciendo las dos cosas! Necesitó una semana de sólidos platos caseros y conversación para ponerme al día, y, gradualmente, las cosas la llevaron a hablar de los amigos. Me habló de una familia del pueblo. El hijo mayor estaba en el hospital aquejado de problemas mentales. Necesitaban dinero para el tratamiento, pero les daba demasiada vergüenza pedirlo.

—¿Rico?

Anton asintió.

—Había una clínica en Florencia en la que, según los médicos, podrían ayudarlo, pero la familia no tenía seguro médico y no podían costearse el internamiento. Así que me acerqué para ver de qué manera podía ayudar. Eran amigos de mi madre y me contó que se habían portado muy bien con ella en tiempos difíciles… —su voz se tornó un susurro—. Entonces conocí a Cara. Era la hermana menor de Rico y supongo que…

—¿Os enamorasteis? —terminó Lydia, disgustada por los celos que esas palabras habían despertado en ella. Pero cuando Anton negó con la cabeza fue como si notara que le sacaban un cuchillo del costado.

—Eso ocurrió dos años después —dijo él con suavidad—. El amor vino a mí contigo.

Era lo más hermoso que nadie le había dicho jamás, pero no era el momento de meditar sobre ello. No respondía a todas las preguntas que bullían en su cabeza.

—Fue algo bonito. Estuvimos juntos tres semanas, pero nunca iba a llegar a ningún sitio. Cara no quería irse de allí y lo cierto era que yo no quería quedarme, pero, durante un corto tiempo, fue algo especial.

—¿Se quedó embarazada?

Anton asintió.

—No lo supe en aquel momento. No estábamos en contacto. Pero meses después me llamó y me dijo que había necesitado tiempo para reunir el coraje para llamarme. Había ocultado el embarazo hasta el último momento, pero su familia lo sabía y estaban furiosos. Y la mía también. Marché hacia allí de inmediato. Le dije que me quedaría con ella, que podíamos casarnos antes de que naciera el bebé…

—¿Te casaste con ella?

—No —Anton sacudió la cabeza—. El bebé nació prematuramente, unos pocos días después, y no nos dio tiempo a arreglarlo.

—Pero te habrías casado con ella. Aun sin amarla.

—Me preocupaba y creía que era la madre de mi hijo —Anton hizo que pareciera algo sencillo, y tal vez lo fuera—. Mucha gente se casa por mucho menos —Lydia sentía la tensión de Anton, miró sus puños apretados al revivir la historia–. La metieron en el quirófano. El bebé era prematuro, pero mi abogado seguía diciéndome que era demasiado grande para ser mi hijo. Me dijo que pidiera un test de ADN.

–¿Lo hiciste?

Anton negó con la cabeza.

–Pensé que no era necesario. Sabía que era mío. Confiaba en Cara. Creí cada una de sus palabras.

–Te mintió –dijo Lydia con tristeza y, ante el gesto de asentimiento de Anton, lo único que pudo sentir fue odio. Odio por una mujer a la que no conocía, por el dolor que su engaño había causado.

–Dario se puso enfermo. Había estado en cuidados intensivos desde su nacimiento y, cuando cumplió cuatro semanas, fue necesario hacerle una transfusión en plena noche. Tiene un grupo sanguíneo poco habitual y, como el de Cara era distinto, el patólogo me dijo que el mío serviría. Me tomó una muestra y dijo que haría todos los tests necesarios y pronto estaría lista la sangre –Anton estaba pálido y tenía ojeras pero se obligó a continuar–. Mi tipo sanguíneo no coincidía. Aún recuerdo al médico sentado frente a mí, diciéndome que no podía ayudar a Dario porque no era mi hijo.

Cientos de sentimientos, palabras acudieron a la mente de Lydia mientras trataba de imaginar su sufrimiento.

–Me enfrenté a Cara y me lo confesó todo. Al parecer había tenido una aventura antes de conocerme, con un hombre casado del pueblo. Sabía que había posibilidades de que el hijo fuera suyo, pero era más fácil decir que era mío.

–¿Más fácil para quién? –preguntó Lydia furiosa, pero al ver que Anton sacudía la cabeza se dio cuenta de que no lo había entendido.

–Para todos. Si la verdad salía a la luz, habría sido

la culpable de romper una familia respetable, deshon-
raría a su propia familia...

—¿Y por eso decidió deshonrarte a ti?

—Yo se lo ofrecí porque podía permitírmelo —Anton
tragó con dificultad. Todas las mentiras, por bien in-
tencionadas que hubieran sido en su momento, habían
causado muchos problemas—. Le dije a Cara que podía
decir que yo la había rechazado diciendo que no estaba
preparado para ser padre, que no quería ataduras, pero
le había dado dinero para la manutención de Dario.

—¿Por qué? ¿Por qué habrías de decir algo así después de lo que ella había hecho? ¿Después de sus mentiras?

—Porque, aunque fuera capaz de abandonar a Cara,
no podía abandonar a Dario. Tenía que asegurarme de
que no le faltaría nada. Por eso le di el dinero. Para
criarlo.

—Él no es responsabilidad tuya —adujo Lydia, pero
nada más decirlo se dio cuenta de que era inútil. Sabía
que, cuando un hombre como Anton amaba a alguien,
lo hacía para siempre.

—Lo tuve en mis brazos, Lydia. Le corté el cordón al
nacer. Aunque no sea mi hijo, siempre me importará.

—¿Y Cara? —dolía preguntar, pero Lydia necesitaba
respuestas.

—Hemos hecho las paces —dijo Anton suavemente—.
La rabia ha cedido. Tenía miedo. No sabía qué hacer...

—¡Trató de timarte! Lo siento —soltando las manos,
se levantó—. No me corresponde a mí juzgar, y me alegro de que hayáis... —se obligó a sonreír—. Espero que
seáis felices.

—¿Los dos? —preguntó él, frunciendo el ceño.

—Los tres juntos —espetó Lydia, deseando que se
fuera, que aquella tortura terminara y pudiera llorar
tranquilamente.

—¿Por qué habría de querer estar con Cara? —Anton
parecía sinceramente confuso—. ¿Por qué piensas...?

–Has dicho que habéis hecho las paces.

–Pero eso no quiere decir que me haya acostado con ella –volvía a tener el control, su rápida respuesta era prueba de que había vuelto el antiguo Anton–. Lydia, ¿por qué crees que estoy aquí?

–No lo sé –dijo ella, agitando las manos en el aire–. Ahórrate la saliva, Anton. Estoy bien.

–¿De veras? –la tomó por las muñecas y la miró fijamente. Contempló aquel rostro pálido, demacrado; aquellos ojos antes llenos de confianza que ahora se movían con nerviosismo; comprobó con horror su frágil estado–. Lydia, ¿por qué crees que he vuelto?

¿No la había humillado ya lo suficiente? Sus ojos se llenaron de lágrimas y tuvo que sorberse la nariz para tratar de pararlas. Al ver que no era capaz de hablar, Anton habló por ella.

–He vuelto por ti, Lydia –observó el ceño ligeramente fruncido de Lydia–. He vuelto porque aquel día tuve mucho miedo y de verdad creí que nunca podría hacerlo, pensé que no podría ser el hombre que tú querías que fuera. Y sabía que si me quedaba trataría de disuadirte, te suplicaría que dejaras tu trabajo y además, tenía que hablar de Cara con mi madre, explicarle las cosas…

–¿A eso te referías con tener asuntos pendientes? –lo miró con los ojos desorbitados–. Creía que te referías a volver a ver a Cara.

–También tuve que ocuparme de eso. Pero ahora todo ha terminado. Las cosas mejoran cuando se habla con sinceridad. Rico tendrá el tratamiento que necesita, y nuestras familias saben toda la verdad ahora, o casi.

–¿Casi?

–Les ahorré la parte del traslado, de que me ocuparé de todo desde nuestra sede australiana. El corazón de mi madre no es lo que solía ser.

–¿Traslado? –repitió en un susurro, frunciendo aún más el ceño.

Anton continuó porque Lydia no podía.

–Y admito que omití decirle que mi futura mujer es detective.

Al advertir la confusión de Lydia, ignoró anteriores razones y se centró en lo único que importaba. Tomándole entre las manos el rostro, desnudó su alma.

–Pensé que no podría hacerlo, Lydia. No podía imaginar, después de lo que habíamos vivido, la idea de dejar que volvieras a ese trabajo, permitirte… –su conocimiento de la lengua que no era la suya le falló y Lydia vio que el pobre trataba de encontrar las palabras adecuadas– ser tú misma.

Lydia no pudo controlar las lágrimas cuando Anton Santini le abrió las puertas de su corazón para dejarla entrar.

–Estas últimas semanas he estado meditando muchas cosas. ¿Tiene sentido?

Perfecto sentido. Porque ella también lo había hecho. Había pasado innumerables noches frente a sus dudas, había crecido interiormente más en seis semanas que en toda su vida.

–Al principio creí que era cuestión de orgullo. ¿Qué tipo de hombre sería si dejaba que mi mujer hiciera un trabajo así? Y tal vez fuera un factor. Pero ya no lo es.

Seguía enmarcando el rostro entre sus manos y usó el pulgar para hacerla callar cuando intentó hablar.

–No podía soportar la idea de perderte, Lydia. No podía soportar la idea de que algún otro canalla te hiciera lo mismo que te había hecho Rico… o algo peor. Casi logré convencerme de que sería más fácil irme, dejar que vivieras la vida que querías y retomar yo la mía. Tardé seis malditas semanas en darme cuenta de por qué me dolía tanto: porque, al irme, había hecho realidad mis peores miedos. De una forma u otra te había perdido.

—Nunca podrías perderme, Anton, ni en un millón de años. Porque, mientras me quede una gota de aliento, te amaré.

—¿Lo dices de verdad?

La esperanza prendió en sus ojos y buscó con su boca la de Lydia, pero esta la apartó. Tenían toda una vida por delante para besarse, amarse y compartir. Pero ahora le tocaba a ella decir algunas cosas.

—No tendrás que decirle a tu madre que soy inspectora...

—Quiero ser sincero —la interrumpió Anton.

—Y yo también —sacudió la cabeza entre las manos de Anton—. No puedo seguir haciéndolo, Anton. He perdido el coraje.

—Lo recuperarás —la alentó él—. Te llevará un poco de tiempo. En unas semanas volverás a la vida normal, a patear a los malos...

Lydia no podía creer lo que estaba oyendo. Allí estaba el hombre que más odiaba su trabajo, animándola, casi suplicándole que lo retomara.

—Ahora lo entiendo —Lydia lo hizo callar con esas tres simples palabras—. Ahora entiendo cómo te sientes porque yo también lo siento. Entiendo que, cuando amas a alguien, cuando te preocupas más por otras personas que por ti mismo, lo único que quieres es protegerlos —sus manos temblorosas tomaron las de él y las guió hasta su vientre. En silencio, esperó a ver su reacción.

—¿Un bebé? —su voz sonaba incrédula y la tibieza de sus manos atravesó el ligero tejido de su top, incluso su piel, infundiéndole calor a la diminuta vida que crecía en su interior.

—Nuestro bebe —afirmó ella—. No acepté el ascenso, Anton. No pude. Cuando solo se trataba de mí, podía arriesgarme, pero ahora no. Comprendo cómo te sientes... —susurró Lydia, cerrando los ojos mientras recibía los labios de Anton sobre los suyos, cerrando tras de sí la puerta del horror que habían dejado atrás, mirando de frente el hermoso futuro que tenían por delante.

Y Anton los protegería a los dos.

Epílogo

¡L YDIA! –el tono acuciante de Anton hizo que Lydia bajara de dos en dos los escalones de la escalera de su exclusivo piso de Melbourne, precipitándose en el salón, preparada para cualquier eventualidad. Se detuvo en seco al ver la sonrisa que la estaba esperando.

–Creo que le ha salido a Alexandra su primer diente.

–Es leche –dijo Lydia con toda seguridad, mirando entre las encías de su hijita de ocho semanas.

–Es un diente –insistió Anton.

–Es leche regurgitada –dijo Lydia, limpiando la mancha con una sonrisa. Las inocentes e incesantes sonrisas de su hijita nunca dejaban de conmoverla.

Ni Anton.

Estaba tan orgulloso de Alexandra como dedicado a ella. La bañaba, le cantaba, le cambiaba hasta los pañales más asquerosos sin rechistar. La única concesión que hizo a su repugnante riqueza fue una niñera por las noches.

De siete a siete, estaban solos.

Aparte de los innumerables besos de buenas noches. Y de las tomas nocturnas. Aparte de las veces que le daba un codazo en las costillas cuando los gritos de la niña llegaban hasta su dormitorio a las tres de la mañana.

Una y otra vez demostraba cuánto amaba a sus dos pelirrojas. Y una y otra vez, conseguía sorprenderla.

Diez días después del nacimiento de la pequeña, Lydia le había entregado un sobre porque, después de lo ocurrido, lo merecía. Le había entregado la prueba irrefutable que confirmaba que Alexandra era 99,99 por ciento hija suya, pero él se lo había devuelto sin abrirlo.

No se necesitaba prueba de paternidad cuando no se había pedido. Era fácil confiar cuando el amor estaba de su parte.

—Somos muy afortunados.

—Mucho —convino Lydia, acurrucándose en el sofá a su lado, mientras Anton daba a la glotona Alex los restos del biberón.

—Algunos niños no lo son —Anton dejó escapar un suspiro lleno de dramatismo; el tipo de suspiro que hizo que Lydia frunciera el ceño y se pusiera alerta—. ¿No te gustaría poder ayudarlos?

—¿A quién?

—No sé —dijo él, encogiéndose de hombros con despreocupación—. Niños que han recibido malos tratos, bebés que no tienen voz…

Lo cual nadie describiría como un tema de conversación ligero. Anton no diría nunca algo así. En un segundo supo lo que ocurría. Anton no había desarrollado conciencia social de la noche a la mañana. Había estado husmeando donde no debía.

—¡Has leído mi correo! —lo acusó incrédula—. No trates de engañarme, Anton. Has estado leyendo mi correo.

—Solo he leído uno —respondió él—. Y ha sido por accidente.

—¡Por favor! —resopló Lydia, sonrojándose. Y es que, aunque tenía razón en reclamar respeto a su intimidad, por alguna razón se sentía culpable por no haberle dicho a Anton lo que llevaba rumiando en los últimos dos días.

—¿Hay algo que quieras decirme?

—Me han ofrecido un trabajo. Bueno, me han invitado a que lo solicite —Lydia tragó con dificultad, mirando fijamente a su preciosa hija y preguntándose cómo podría soportar la idea de volver al trabajo tan pronto–. Kevin me llamó hace unos días y me preguntó si me interesaría. Después, me escribió un e-mail con los detalles del puesto. Es solo media jornada –Lydia contuvo el aliento a la espera de su reacción–. No empezaría hasta dentro de un par de meses. Es inspector de la unidad de protección infantil.

–Necesitas trabajar, ¿verdad? –Anton sonrió y, por enésima vez, Lydia se sorprendió ante su perspicacia.

–Sí –admitió ella–. Supongo que necesito sentirme culpable otra vez, un poco… –al ver que Anton fruncía el ceño, se explicó mejor–. No es divertido comprar zapatos si no tienes que esconder la factura.

–¿Y por qué habrías de querer hacerlo? –preguntó él, claramente confuso.

–Es cosa de chicas –dijo ella, quitándole importancia–. Nos gusta sentir que estamos haciendo algo que no deberíamos –pero su voz cambió para responder a las cuestiones que su vuelta al trabajo provocaría–. Me siento mal ante la idea de tener que dejar a Alex. Pero, Anton, es un gran trabajo. Y mucho más seguro que lo que hacía antes.

–¿Nada de armas? –preguntó Anton. Lydia asintió, pero al rato hizo un ligero gesto de dolor.

–No como antes, Anton. Pero probablemente puedan surgir situaciones en las que se requiera su uso. Ya has visto las noticias, sabes lo que ocurre. Pero no iré armada.

–Podría ser peligroso.

–Claro que podría. Pero probablemente sea uno de los trabajos más seguros que aún puedan interesarme, y al final del día…

–No me digas que puedes correr el riesgo de que te atropelle un autobús –Anton sonrió herméticamente, pero su mente estaba en otra parte. Miró largo y tendido a su preciosa hija antes de mirar a su madre–. ¿Y lo necesitas? ¿Necesitas trabajar?

–Sí –admitió ella.

No le parecía mal decirlo pero tampoco bien. Simplemente era así.

–Pero no puedo hacerlo si no cuento con todo tu apoyo, Anton. Tienes que saber que habrá que hacer sacrificios, que aunque sea un trabajo de media jornada puede que llegue tarde algún día. Puede que tenga que quedarme...

–Yo también trabajo –interrumpió Anton y Lydia se preparó para lo que le iba a decir. Como siempre, Anton la sorprendió–. Sé que no siempre es fácil dejar las cosas a medias. No es necesario que me lo justifiques –añadió.

–*Sé* que no necesitamos el dinero, y *sé* que habrá días en los que odiaré mi trabajo más que nada en el mundo. Pero eso no significará que quiera que me digas que lo deje, que no necesitamos que lo haga... –se detuvo y contempló su fuerte y hermoso rostro, escuchó los ruidos de satisfacción de la soñolienta Alex y se preguntó por enésima vez también por qué era tan afortunada.

–Entonces, hazlo –dijo Anton con una sonrisa, sacándola de su trance.

–¿Estás seguro?

–Lo estoy –asintió Anton, pero frunció levemente el rostro y su rostro se ensombreció ante una horrible perspectiva–. Con una condición.

–¿Cuál? –Lydia también tenía el ceño fruncido.

–Nada de turno de noche.

–¡Nada de turno de noche! –repitió ella, mirando hacia el techo en gesto de resignación mientras trataba de no sobreactuar demasiado–. Si ese es el precio que tengo que pagar para volver al trabajo...

–Es el precio –insistió Anton, fingiendo no darse cuenta de que Lydia compartía una sonrisa cómplice con su pequeña hija.

–Entonces supongo que así es como tendrá que ser.

–Las noches –dijo Anton, poniendo a Alex en la cuna– son para nosotros –dijo, regresando al sofá junto a Lydia y tomándola en brazos.